Genève, 1997

MEIN BILD

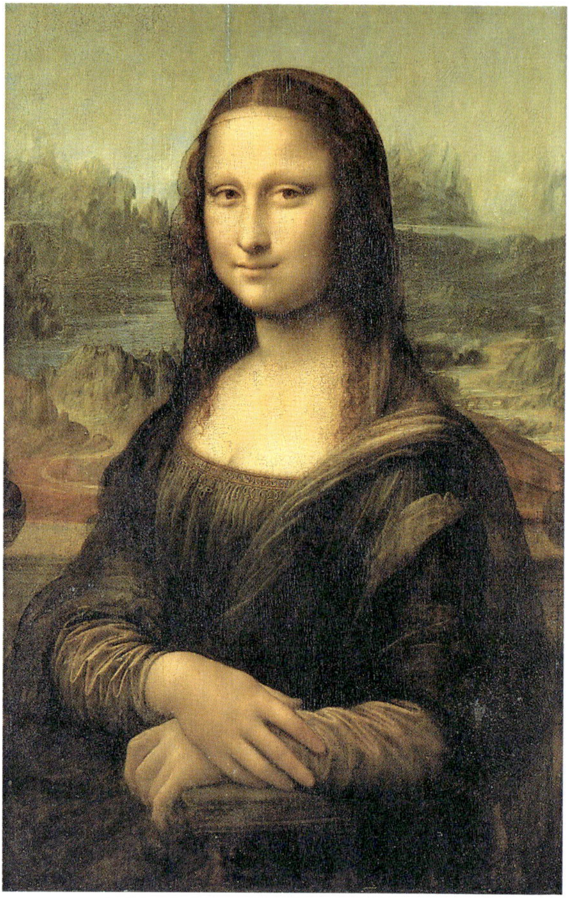

Thomas David

Leonardo da Vinci
Mona Lisa

Ein rotfuchs Kunstsachbuch

Rowohlt
rororo

RORORO ROTFUCHS Herausgegeben von Ute Blaich
und Renate Boldt

Originalausgabe
Veröffentlicht im Rowohlt Taschenbuch
Verlag GmbH, Reinbek bei Hamburg, April 1997

Reihenkonzeption und Redaktion Ute Blaich
Umschlaggestaltung Barbara Hanke
Umschlagbild © Louvre, Paris
Layout Christina Modi
Reproduktionen Grafische Werkstatt
Christian Kreher, Hoisdorf
Satz Aldus PostScript, QuarkXPress 3.32
Gesamtherstellung Clausen & Bosse, Leck
Printed in Germany
1690-ISBN 3 499 20840 7

«Sehen, was man sieht.»

Le Corbusier

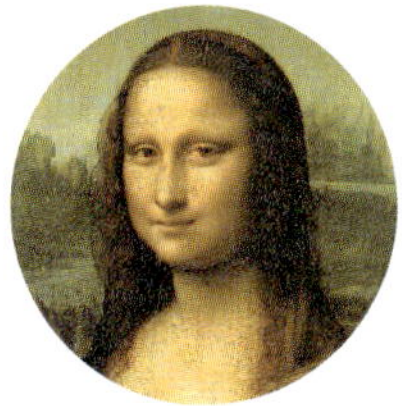

Dieses Buch ist für Elisabeth

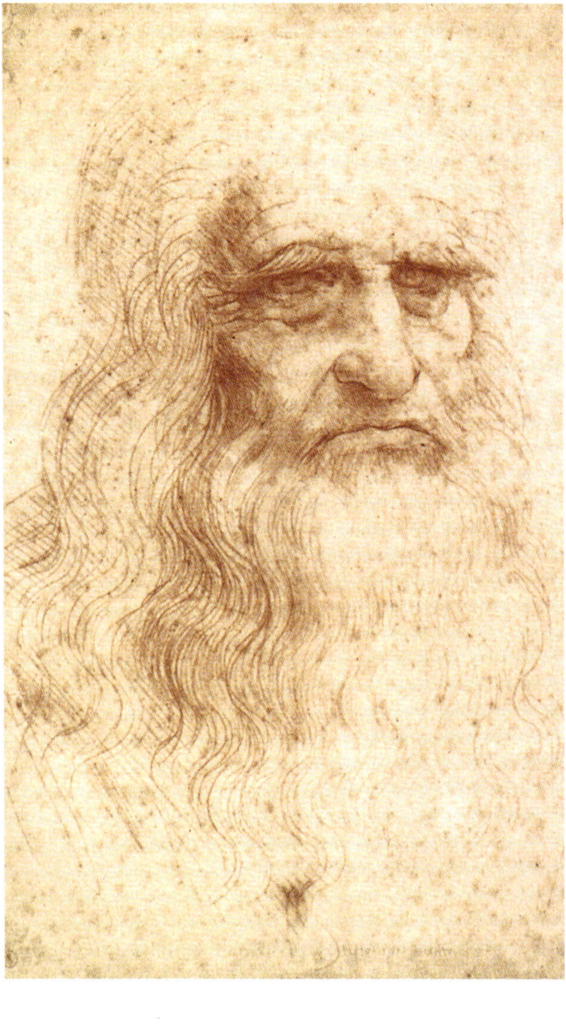

Inhalt

Das berühmteste Gemälde der Welt

Die «Mona Lisa» ist wahrscheinlich das berühmteste Gemälde, das es überhaupt gibt. Jedenfalls in Europa. Andere Bilder sind natürlich auch sehr berühmt. Andy Warhols Suppendosen zum Beispiel. Aber die «Mona Lisa» ist noch viel berühmter.

Einmal wurde sie sogar von ihrem Platz im Museum gestohlen. Das war im Sommer 1911 und versetzte die ganze Welt in Schrecken. Wenn plötzlich das berühmteste Gemälde verschwindet, ist es genauso schlimm, als würde die schönste Oper verlorengehen oder die älteste Pyramide. Oder der größte Ozean oder der höchste Berg. Das kann man sich kaum vor-

Historisch:
Der Louvre in Paris

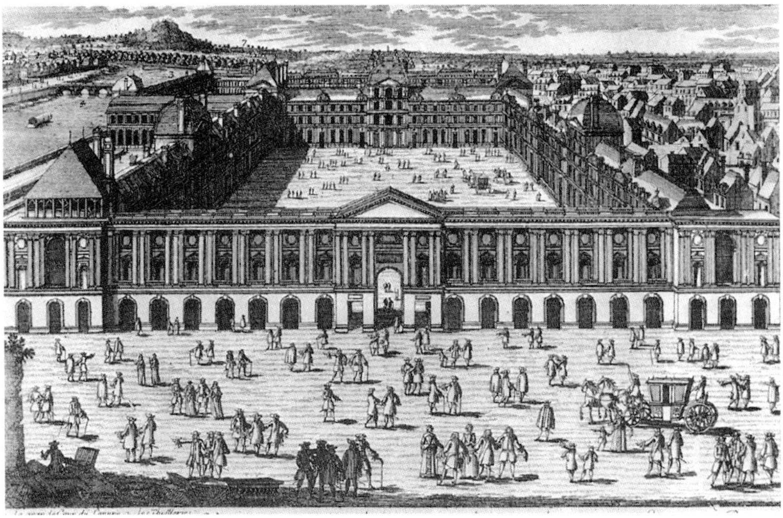

stellen. Hunderte von Leuten standen fassungslos vor dem Louvre in Paris. Viele glaubten, es handele sich nur um einen Scherz. Manche brachen in Tränen aus, weil sie in «Mona Lisa» verliebt waren und fürchteten, sie niemals wiederzusehen. Andere sagten, jetzt habe es mit dem Lächeln endlich ein Ende. Aber die hatten nicht das letzte Wort.

Zwei Jahre später versuchte nämlich der Dieb, das Gemälde zu verkaufen, und wurde festgenommen. Er hatte die «Mona Lisa» die ganze Zeit in seiner kleinen Dachkammer versteckt. Jetzt aber ließ ihn ihr Lächeln nicht mehr los, und er hatte Angst, den Verstand zu verlieren.

Als sie dann im Januar 1914 wieder an ihrem alten Platz im Museum hing, wollten an einem einzigen Tag hunderttausend Menschen die «Mona Lisa» sehen. Da war im Louvre der Teufel los. Durch den Salon Carré, wo die «Mona Lisa» hing, wurden die Besucher gedrückt wie durch eine Wurstmaschine. Jeder konnte sie sehen. Für eine halbe Minute.

Einige der Besucher waren enttäuscht. Sie hatten sich das Gemälde größer vorgestellt. Andere sagten, die Kopie, die sie im Prado in Madrid gesehen hätten, habe ihnen eigentlich fast besser gefallen. Dann seufzten sie und waren auch enttäuscht. Die meisten jedoch bewunderten die «Mona Lisa». Bewunderten den Glanz ihrer Augen, ihre etwas müden Lider und ihre rätselhafte Anmut. Am meisten bewunderten sie ihr berühmtes Lächeln. Bald konnte man es auf jeder Abendgesellschaft sehen. Jedenfalls fast. Denn in Wirklichkeit sahen die feinen Damen aus, als hätten sie in eine Zitrone gebissen.

1
Lisa del Giocondo

Eher himmlisch als irdisch

Schon der Schriftsteller Giorgio Vasari beschrieb das Lächeln der «Mona Lisa». Das war 1550, zu einer Zeit, als noch fast jeder glaubte, die Sonne würde sich um die Erde drehen. Leonardo da Vinci war da schon über dreißig Jahre tot, und sein berühmtes Gemälde hing im Schloß des Königs von Frankreich. Vasari war Italiener, eigentlich ein Architekt und Maler. Seine Bauwerke und seine Bilder kennen heute allerdings nur noch Spezialisten.

Sein Buch über die größten Künstler, die es bis dahin in Italien gegeben hatte, kann man aber noch überall kaufen. Vasari erzählt darin auch die Lebensgeschichte von Leonardo und alles, was er über die «Mona Lisa» wußte. Genauer, alles, was er über die «Mona Lisa» gehört hatte: Vasari hat das Bild nämlich niemals selbst zu Gesicht bekommen. An manchen Stellen seiner Beschreibung merkt man das auch:

Wer sehen wollte, wie weit die Kunst überhaupt imstande ist, die Natur nachzuahmen, konnte es an diesem schönen Kopf erkennen, denn hier fanden sich die winzigsten Einzelheiten aufs sorgsamste nachgebildet. Die Augen zeigten den feuchten Glanz, den wir an Lebenden sehen, sowie ringsherum die zartvioletten Schatten und die Wimpern, wie sie nur der feinste Pinsel auszuführen vermag.

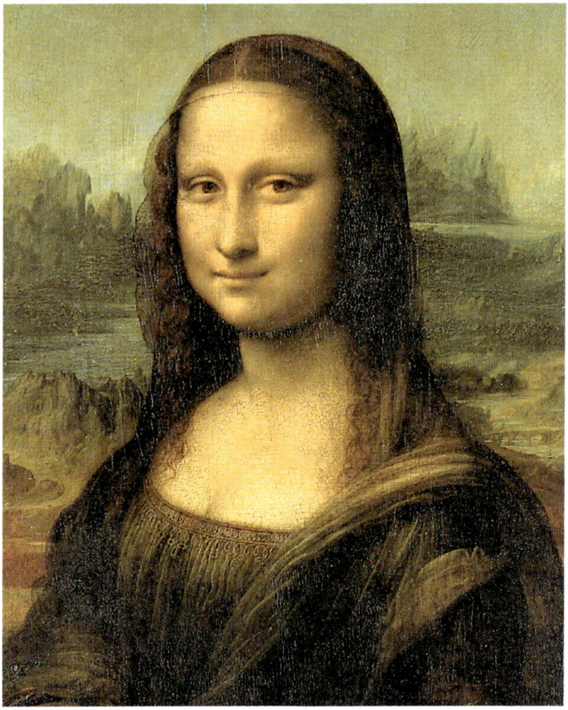

Die Brauen, bei denen man deutlich erkennt, wie die einzelnen Haare den Poren entsprießen und, erst spärlich, dann immer voller werdend, die Wölbung des Knochens nachzeichnen, könnten nicht natürlicher sein, wie auch die Nase mit den zarten rosigen Pünktchen zu leben schien. Der Mund mit den feingeschwungenen Winkeln, wo das Rot der Lippen sich vom Fleischton der Wangen abhebt, könnte nicht gemalt, sondern aus Fleisch und Blut sein. Wenn man das Halsgrübchen aufmerksam betrachtete, glaubte man darin den Puls schlagen zu sehen. Kurz, man kann sagen, alles war so gemacht, daß auch der

tüchtigste Künstler, sei er, wer er wolle, davor erblassen mußte... Auf diesem Angesicht spielte ein so liebliches Lächeln, daß es eher himmlischer als irdischer Natur zu sein schien, und das Bildnis wurde wegen seiner Lebenswahrheit als etwas ganz Wunderbares gepriesen.

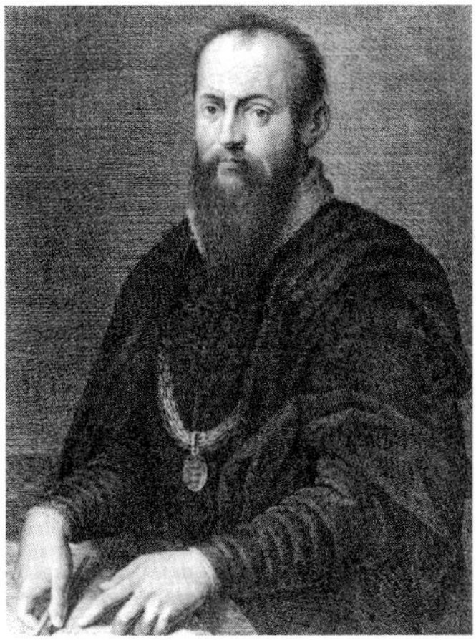

Giorgio Vasari, der «Vater der Kunstgeschichte»

Die Augenbrauen, von denen Vasari spricht, soll erst einmal einer finden. Von den feinen Wimpern fehlt jede Spur. Aber selbst wenn man Vasari Einzelheiten falsch erzählt hat oder seine eigene Vorstellungskraft mit ihm durchgegangen ist: Vasaris Beschreibung des Gemäldes ist jedenfalls die älteste, die man kennt.

Vielleicht waren die Augenbrauen auch längst wieder nachgewachsen, als Vasari sein Buch schrieb. Die «Mona Lisa» ist nämlich ein Porträt. Und wenn er auch das Bild nie gesehen hat, so glaubt man heute, daß Vasari bei seinen Nachforschungen zu Leonardos Lebensgeschichte in Florenz die echte Mona Lisa kennenlernte. Wer weiß, vielleicht waren ihr mittlerweile wirklich die wildesten Brauen gewachsen, vielleicht ein dünner Schnurrbart. Mit der wunderbaren Ähnlichkeit, für die das Bild so bestaunt worden war, kann es indessen nicht mehr weit hergewesen sein. Als Vasari sie besuchte, waren nämlich fast vierzig Jahre vergangen, seit Leonardo sie gemalt hatte. Madonna Lisa del Giocondo war inzwischen über sechzig Jahre alt.

Das war ihr Name: Lisa del Giocondo. Wer im sechzehnten Jahrhundert sechzig Jahre alt wurde, konnte zufrieden sein. Die meisten Menschen starben viel jünger. An der Pest zum Beispiel oder am Blutfluß. Die Gioconda aber wurde sogar noch über siebzig Jahre alt und lebte bis mindestens 1551. Allerdings kann man sich vorstellen, daß sie im Alter ihre Schönheit verloren hatte. Vielleicht war sie krumm, grau und zahnlos. Aber davon weiß man nichts, weil sie später nie wieder gemalt wurde.

Als Lisa 1479 in Florenz zur Welt kam, wurden die Stadt und ihre Republik von Lorenzo de' Medici regiert. Jeder sprach damals noch von dem blutigen Mord an seinem Bruder. Er wurde während einer Messe im Dom von Verschwörern erstochen. Lisas Vater hieß Antonio Maria Gherardini. Seine Familie war nicht halb so reich wie andere Florentiner Bürgerfamilien. In der Stadt wohnten die Gherardini sogar nur in einem Mietshaus, besaßen jedoch einen Landsitz in den grünen Hügeln südlich von Florenz. Dort ist Lisa aufgewachsen. Ihr Vater konnte nicht wissen, daß seine Tochter einmal weltberühmt werden würde. Sonst hätte er sie vielleicht schon als Mädchen malen lassen. Dann wüßte man heute mehr über sie und müßte nicht lange grübeln und raten, wie sie als Kind aussah, ob sie schon damals so gelächelt hat wie später auf Leonardos Gemälde. Aber früher hatten Eltern Wichtigeres im Sinn, als Bildnisse von ihren Kindern in Auftrag zu geben. Es sei denn, man war Herzog oder machtsüchtig und wollte aller Welt vorführen, daß man einen vielversprechenden Erben hatte.

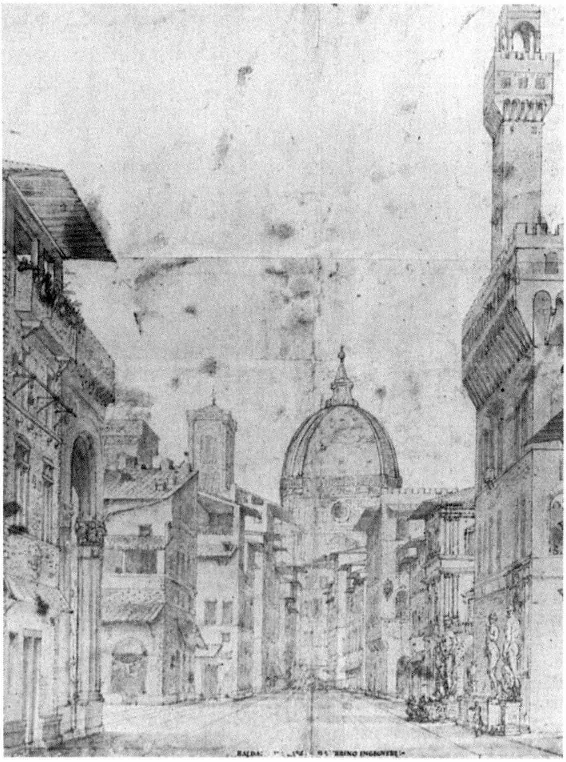

Die Straßen von Florenz in der Mitte des 16. Jahrhunderts

Kindheit und Jugend waren damals viel kürzer als heute. Rasch vorbei und vergessen. Lisa Gherardini war kaum sechzehn Jahre alt, als sie heiratete. Das war zu jener Zeit nichts Ungewöhnliches. Ihr Mann hieß Francesco di Bartolomeo del Giocondo. Er war schon zweimal verheiratet gewesen, aber beide Frauen waren jung gestorben. Er war fast zwanzig Jahre älter als Lisa und stammte aus einer reichen Florentiner Kaufmannsfamilie. Sie verdiente ihr Geld mit Seidenhandel und gehörte dem *popolo grasso* an, dem «fetten Volk». Francesco muß Lisa sehr geliebt haben. Er wollte sie zur Frau, obwohl der alte Gherardini Lisa nur wenig Geld mit in die Ehe geben konnte. Die meisten Hochzeiten damals wurden abgeschlossen, weil Vermögen dabei heraussprang und sie die Familien reicher oder mächtiger machten.

Im Banne des Predigers

Die Häuser der Giocondo befanden sich nur einen Steinwurf entfernt vom Medici-Palast im Zentrum von Florenz. Als Lisa und Francesco im Frühling 1495 heirateten, war Lorenzo de' Medici schon drei Jahre tot und seine Familie aus Florenz vertrieben. Der französische König Karl VIII. zog mit seinen Truppen durch Italien. Und in Florenz gelangte jetzt ein Mönch namens Savonarola zu Macht und Ein-

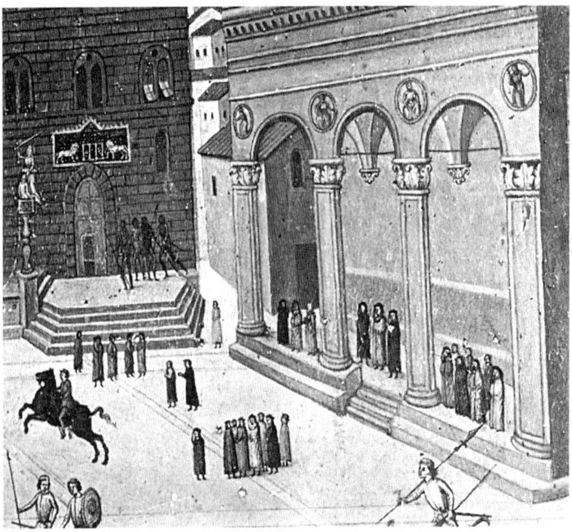

Stadtleben in Florenz

fluß. Er eiferte streng und besessen gegen den Verfall der Sitten im Land. Besonders gegen Eitelkeit, die er für Sünde hielt. Er predigte gegen Festaufzüge und Musik, gegen die Künste und Wissenschaften und forderte von den Bürgern eine völlige Demut vor Gott. Er behauptete, Florenz sei auserwählt als Gottesreich auf Erden. Zur Karnevalszeit ließ er Kostüme, Masken und Spiele verbrennen; viele Bücher und Bilder. Einige Maler waren von Savonarolas Reden so beeindruckt, daß sie aufhörten zu malen und glücklos und arm starben.

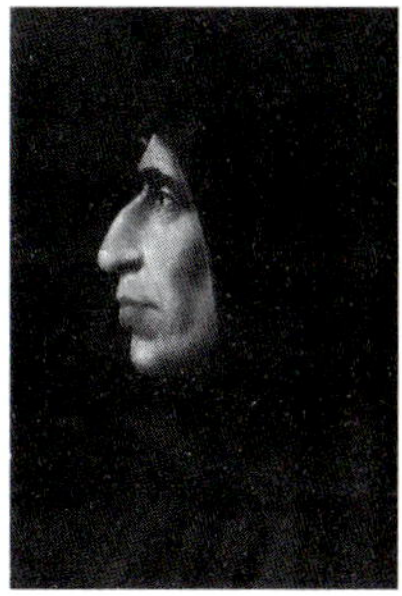

Der fanatische Girolamo Savonarola

GIROLAMO

Als Savonarolas Zorn sich immer offener auch gegen den Papst richtete und Alexander VI. ihn aus der Kirche verstieß, war es um ihn selbst geschehen. Er wurde grausam gefoltert und mußte bekennen, daß all seine Weissagungen Erfindungen waren, keineswegs Gottes Worte. Am 23. Mai 1498 wurde er auf der Piazza della Signoria gehängt und zu Asche verbrannt. Tausende Florentiner Bürger sahen dem zu. Aber man weiß nicht, ob darunter auch Francesco del Giocondo war oder vielleicht seine Frau. Doch selbst wenn Lisa an diesem Tag mit Nähzeug am Fenster gesessen hätte, wäre ihr die schwarze Rauchsäule aufgefallen, die vom Scheiterhaufen in den klaren Himmel über Florenz emporstieg. Savonarolas Asche wurde in den Fluß gestreut.

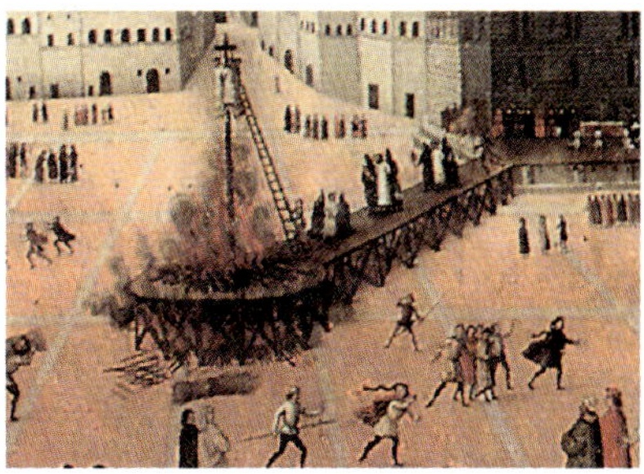

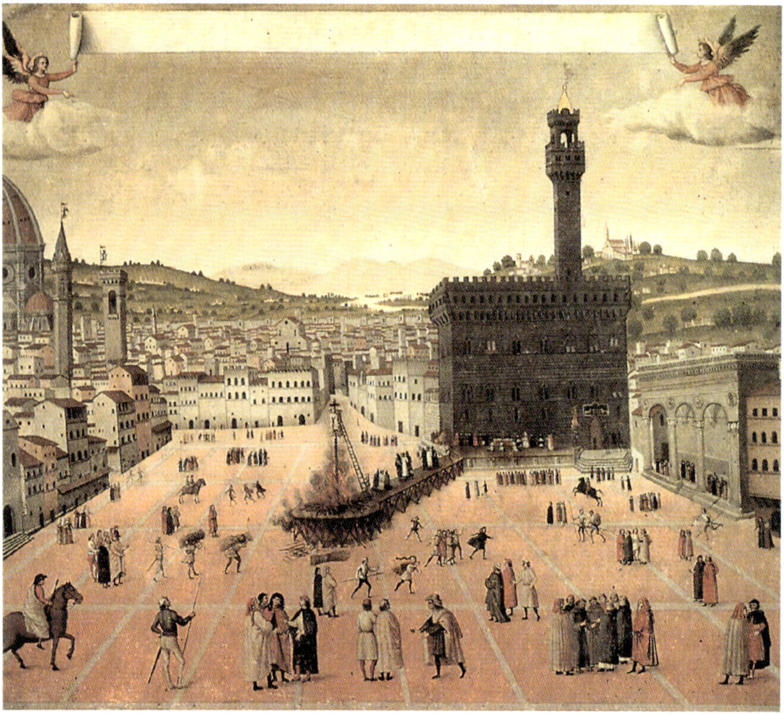

Ein Bild muss her

Inzwischen hatte Lisa einen ersten Sohn geboren und war wieder schwanger. Francescos Geschäfte gingen gut, der Tuchhandel blühte in ganz Florenz. Jeder wollte Kleider nach der neuesten spanischen Mode haben, und Seide zählte zu den kostbarsten und begehrtesten Stoffen.

Aber dann starb Lisas neugeborene Tochter. Das war ein furchtbarer Schmerz. Manchmal starben auch die Mütter, manche aus Kummer. Viele starben, weil eine Geburt damals gefährlicher war als heute. Plötzlich kam hohes Fieber, die Hebammen wußten nichts von den Ursachen, weil der menschliche Körper vor fünfhundert Jahren kaum erforscht war. Ärzte, überhaupt alle Männer, ließ man nicht einmal ins Zimmer einer Gebärenden. Das war damals in ganz Europa so. In Deutschland wurde noch 1522 ein Arzt hingerichtet, weil er sich bei einer Geburt als Frau verkleidet eingeschlichen hatte. Er wollte lediglich den geheimnisvollen Vorgang ergründen und hätte vielleicht helfen können. Auch Francesco del Giocondo hatte bereits eine Frau im Wochenbett verloren. Er war voller Sorge um Lisa, als ihre Tochter starb. Aber Lisa erholte sich und besuchte seitdem oft die Kirche Santa Maria Novella, wo ihr Kind begraben lag.

links:
23. Mai 1498: Die Hinrichtung des Predigers

Dann begann das neue Jahrhundert. Die Bürger von Florenz gaben bei dem jungen Maler und Bildhauer Michelangelo die Marmorstatue des David in Auftrag, der Goliath besiegt hatte. Sie sollte das neue Wahrzeichen der Republik werden und zeigen, daß Florenz zwar klein war wie David, aber jedem Riesen die Stirn bieten würde. Das überlegte sich der Rat der Stadt, weil der Nachfolger des Franzosenkönigs Karl schon das Herzogtum Mailand erobert hatte und zusammen mit dem Spanier Ferdinand von Aragón auch das Königreich Neapel. Nun schien auch Florenz nicht mehr sicher. Mit Michelangelos Statue machten die Bürger aber auch sich selbst Mut vor allen Gefahren. Schließlich gab es in ganz Florenz niemanden, der Davids entschlossenem Blick häufiger begegnete als sie.

Michelangelos David

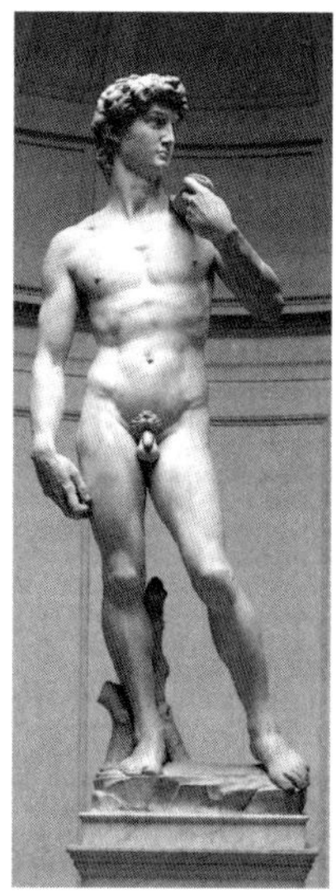

Noch bevor die Statue vor dem Stadtpalast aufgestellt wurde, brachte Lisa ihr drittes Kind zur Welt.

Es war spät im Jahr 1502. Und Lisa und Francesco war es wohl eng ums Herz, weil sie wieder an ihre tote Tochter dachten. Aber diesmal ging alles gut. Das Kind war gesund, und Lisa kam schnell wieder zu Kräften. Darüber war Francesco so froh, daß er sich entschloß, ein neues Haus zu kaufen und zusammen mit seiner Frau und den beiden Söhnen, die sie ihm geschenkt hatte, einen neuen Hausstand zu gründen. Und er wollte ein Porträt seiner Frau in Auftrag geben. Lisa sollte gemalt werden, das Bild sollte einen Ehrenplatz in seinem neuen Haus erhalten. Jeder konnte dann sehen, wie sehr er seine Frau liebte und wie dankbar er war, daß sie ihm zwei Kinder geschenkt hatte. Francesco del Giocondo war ein großer Mann. Wie er selbst aussah, weiß heute niemand mehr.

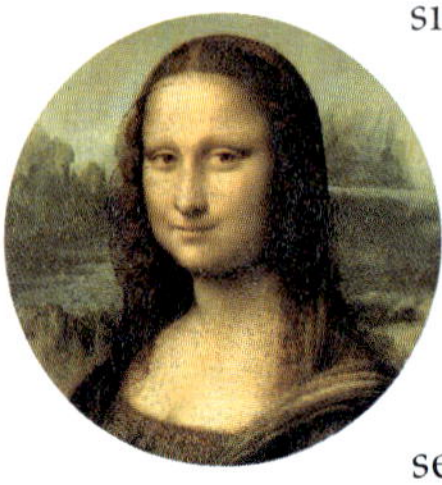

2
Leonardo da Vinci

Schwebende Kirche, Bratenwender und andere Erfindungen

Am 4. März 1503 hätte man Leonardo da Vinci treffen können. Wer in Florenz war, hätte nur auf ihn warten müssen vor dem Hospital von Santa Maria Nuova, wo er sein Bankkonto hatte. Warten und ein paar Stunden herumsitzen, das Treiben auf den Straßen beobachten. Vielleicht war gerade Markttag. Der Duft von frischem Brot lag in der Luft oder der Geruch eines im Morgengrauen geschlachteten Schweines. Wanderhändler waren mit ihren Eseln gekommen, und Wachszieher verkauften ihre Kerzen. Hier und da standen Weinfässer, dort wurde ein Käse gerollt. Vielleicht wurde hinter einem aufgespannten Tuch gerade einem Mädchen von Haardieben der Kopf rasiert. Falsche Zöpfe waren nämlich in Mode. Es gab auch richtige Läden in den Straßen. Milchläden zum Beispiel oder Schuhläden und regelrechte Modeboutiquen, die Seide verkauften oder Leinen aus Frankreich und Samt. In fast jeder Straße gab es auch eine Wirtschaft. Überall standen Leute herum und redeten, wer weiß worüber. Vielleicht wußten sie, daß Leonardo wieder in der Stadt war. Dann redeten sie gewiß über ihn. Vielleicht hatten sie auch schon von seinem verrückten Einfall gehört, das Baptisterium zu heben, und machten sich hinter vorgehaltener Hand darüber lustig.

Das Baptisterium war eines der schönsten Bauwerke der Stadt. Aber seit Filippo Brunelleschi dem Dom

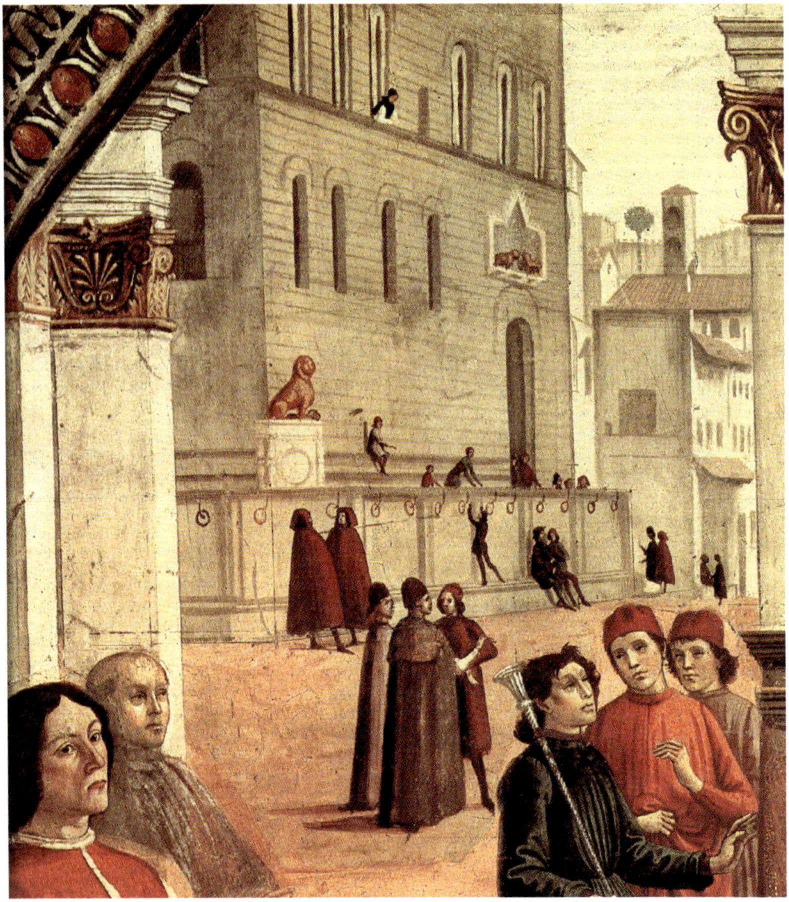

Vor dem Palazzo Vecchio in Florenz

nebenan seine gewaltige Kuppel aufgesetzt hatte, schien die kleine Taufkirche wie ein erbärmlicher Pickel am Boden zu kleben und hatte viel von seiner Würde verloren. Leonardos Idee war es, das ganze Baptisterium mit gewaltigen, von Wasserdruck betriebenen Flaschenzügen einfach in die Luft zu heben. Dann wollte er ein neues Fundament aus hohen

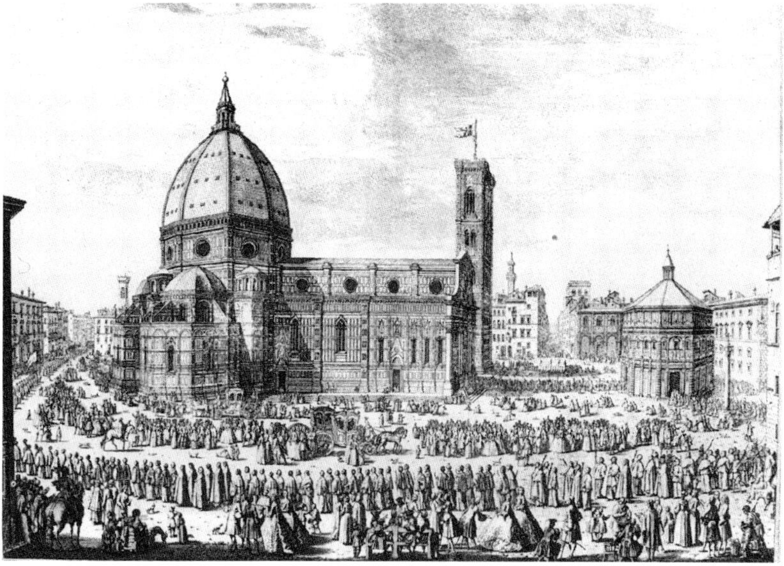

Der Domplatz in Florenz, rechts das Baptisterium

Treppen und Bögen darunterbauen. Die Florentiner Bürger fanden den Gedanken jedoch merkwürdig und glaubten, das Baptisterium würde dabei sicher einstürzen. Deshalb wurde nichts aus dem Vorhaben. Das Baptisterium steht heute noch im Schatten des Doms und sieht nur selten Sonne.

Damals schüttelten die Kleingeister verständnislos die Köpfe über Leonardos Ideen. Aber das passiert jedem, der seiner Zeit voraus ist.

Vielleicht mußte Leonardo genau deshalb an diesem 4. März vor fast fünfhundert Jahren sein Bankkonto angreifen. Weil wieder die törichte Mehrheit nichts begriffen hatte und kühne Projekte wie Seifenblasen zerplatzt waren. Aber was ließ sich zum Beispiel mit einem Mobil anfangen oder mit einem automatischen Bratenwender, wie Leonardo ihn erfunden

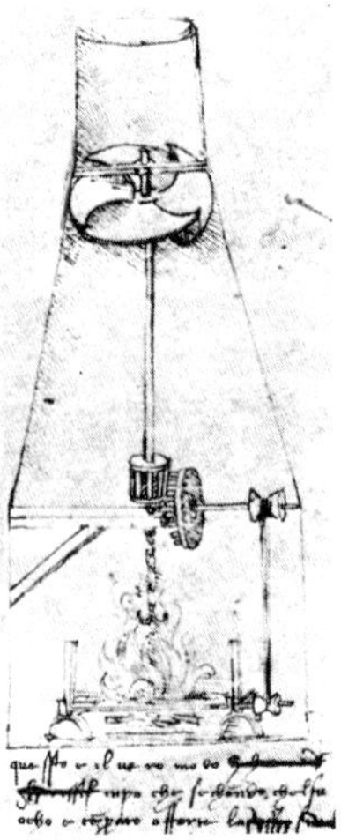

hatte? Sollten die Wirtschafterinnen oder die Köche nur noch herumlungern? Schließlich war es ja ihre Arbeit, jeden Braten zart und knusprig zu bekommen. Und eine Maschine konnte das bestimmt gar nicht.

Also war Leonardo ein wenig in Geldverlegenheiten. Und wenn man damals in Florenz war und vielleicht drei lange Stunden vor Santa Maria Nuova auf ihn gewartet hatte und einem ganz schwindelig war vom Treiben und Tratschen der vielen Leute, wenn man am liebsten gerade wieder gehen wollte, weil das Datum vielleicht doch nicht stimmte: dann kam er endlich.

Der Bart des Philosophen

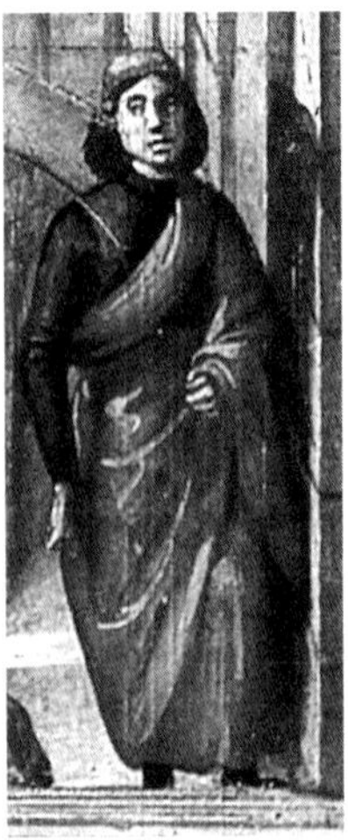

Man konnte ihn sofort erkennen. Die meisten Leute trugen damals über ihren engen Hosen so lange Umhänge, daß sie fast darüber stolperten und darum immer mindestens einen Arm gerefftes Tuch mit sich herumschleppen mußten. Leonardo konnte diese Mode nicht leiden und trug einen kurzen Umhang. Der ging ihm gerade bis zu den Knien und war rosenfarben und wohl ziemlich auffällig. Sein Haar fiel ihm hinten lang über die Schultern, vorn reichte ihm der Bart bis halb über die Brust. Das war noch auffälliger als seine Kleidung. In Florenz hatten sich viele Männer die Bärte nämlich längst abrasiert oder sahen von weitem aus, als hinge ihnen nur ein Schatten im Gesicht. Dann hatten sie eben einen kurzgeschorenen Bart. Leonardos Bart erkannte man aus jeder Entfernung. Er war dicht, ebenso weiß

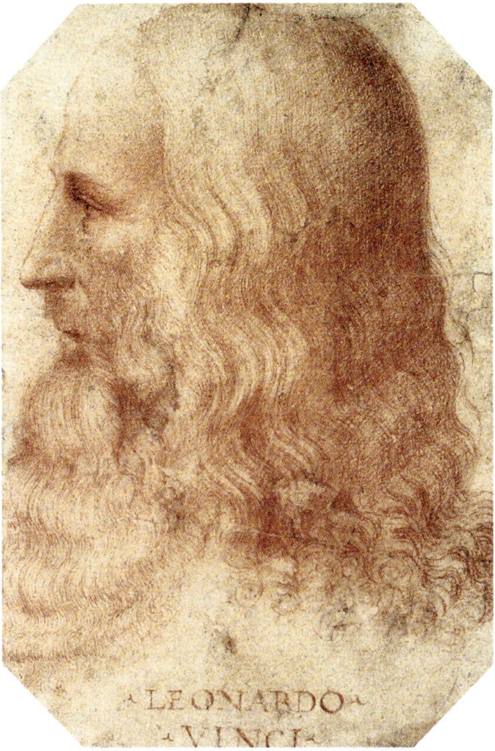

Leonardo im Profil: eines der beiden überlieferten Porträts

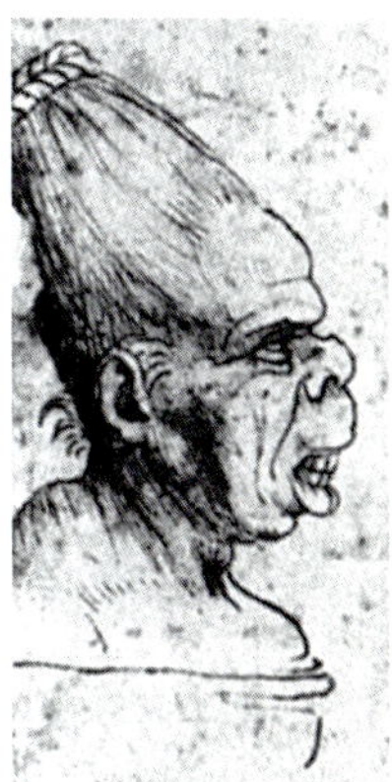

und lockig wie sein Haar überhaupt. Nicht etwa zottelig oder verpelzt wie das Fell eines alten Hundes, sondern immer schön geordnet und gekämmt. Leonardo verwandte viel Mühe und große Sorgfalt auf sein Aussehen.

Wer jetzt an einen Weihnachtsmann denkt, weiß nichts und soll erst mal sagen, wer das ist mit siebzig: Im sechzehnten Jahrhundert dachte man bei Leonardos Anblick nämlich an biblische Propheten, Magier oder an bedeutende Männer der Antike, Homer zum Beispiel, den griechischen Dichter, der im achten

Jahrhundert vor Christi Geburt gelebt hatte. Oder an die berühmten Philosophen Aristoteles und Platon, den «Meister des Göttlichen». Aristoteles und Platon stellte man sich damals auch mit solchen Bärten vor. Natürlich gab es viele, die von den beiden noch nie gehört hatten und Leonardos Erscheinung für so verschroben hielten wie seine Ideen. Aber wer klug und belesen war, wer sich mit den Gedanken der großen Philosophen des Altertums auskannte, der verglich Leonardo sogar mit ihnen. Nicht nur wegen des Bartes, sondern weil er weise war und über ebensoviel Wissen verfügte. Leonardo war das bestimmt ganz recht. Sonst hätte er sich den Bart wohl abrasiert.

Die leere Geldkatze

Damals in Florenz war Leonardo einundfünfzig Jahre alt und kam gerade zurück aus Norditalien. Dort hatte er ein Jahr lang als oberster Architekt und Ingenieur für den berüchtigten Fürsten Cesare Borgia gearbeitet, Landkarten angefertigt und Festungen inspiziert. Aber entweder hatte er gar keinen Lohn bekommen, oder er hatte das Geld mit leichter Hand gleich wieder ausgegeben. Das tat Leonardo gern, und häufig lebte er mit Dienern und Pferden über seine Verhältnisse oder ließ seinen Schüler Salai teuer einkleiden. Gut, daß er noch ein paar Goldflorenen liegen hatte. In Santa Maria Nuova hatten schon sein Großvater ein Konto gehabt und sein Vater. Es war also Anfang März, und Leonardo holte sich fünfzig Goldflorenen. Insgesamt viermal in die-

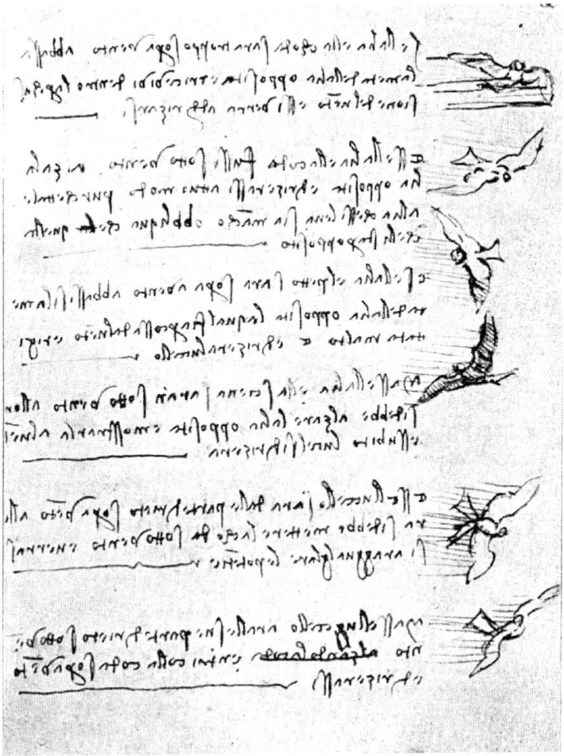

Über den Vogelflug

sem Jahr 1503. Geradeso als hätte er gar keine Einnahmen, was wohl auch stimmte. Er hatte in dieser Zeit einen Apparat zum Schwimmen unter Wasser erfunden und Vögel beobachtet, um herauszufinden, wie Menschen fliegen könnten.

Aber Leonardo war kein Träumer. Solange er es sich noch leisten konnte, hatte er alle Aufträge abgelehnt. Selbst die Frau des Markgrafen von Mantua hatte er nicht malen wollen, weil er ganz von mathematischen Forschungen in Anspruch genommen war. Die Markgräfin war damals die berühmteste Frau überhaupt, sie hätte ihn gut bezahlt.

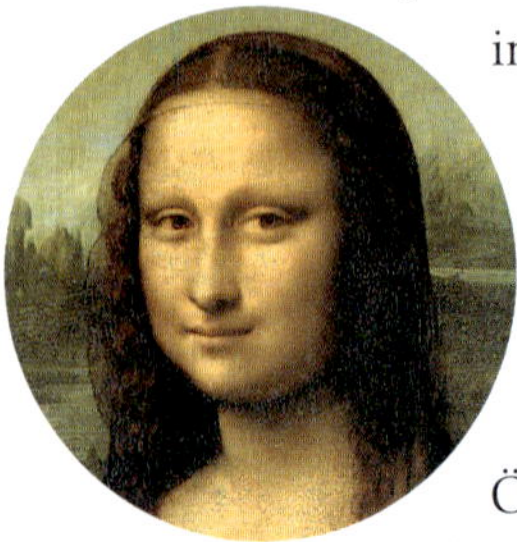

Jetzt aber waren andere Zeiten. Es war Frühling in Florenz. Leonardos junger Rivale Michelangelo war kurz davor, die triumphale Statue des David zu vollenden. Die Bürger von Florenz hatten sie bei ihm bestellt. Sicher kam es Leonardo gelegen, als ihm jetzt der Auftrag für ein großes Porträt in Öl angetragen wurde. Er sah zu, daß er eine schöne Holztafel zur Hand hatte, auf die er malen konnte, und bestellte sich einen Lautenspieler.

Dann kam Lisa del Giocondo.

3
DIE ENTDECKUNG DER ANTIKE

POST AUS DER VERGANGENHEIT

Italien und bald auch ganz Europa waren damals außer sich vor Bewunderung für die Antike. Plötzlich reiste jedermann nach Rom und bestaunte, was das Mittelalter überdauert hatte. Vom Mittelalter selbst wollte man in Italien jetzt nichts mehr wissen. Schriftsteller und Gelehrte studierten mit großem Eifer die römischen Autoren wie Vergil und Cicero und entdeckten eine neue Begeisterung für die alte lateinische Sprache. Sie lernten Griechisch, beschäftigten sich mit Grammatik, der Kunst der Rede, mit Geschichte und dachten viel nach über den Zweck des Menschen auf der Welt. Diese Gelehrten nannte man schon damals «Humanisten». Einer der ersten und bekanntesten von ihnen war Francesco Petrarca. Ihn nennt man bis heute den «Vater des Humanismus». In seinem «Brief an die Nachwelt» schrieb er:

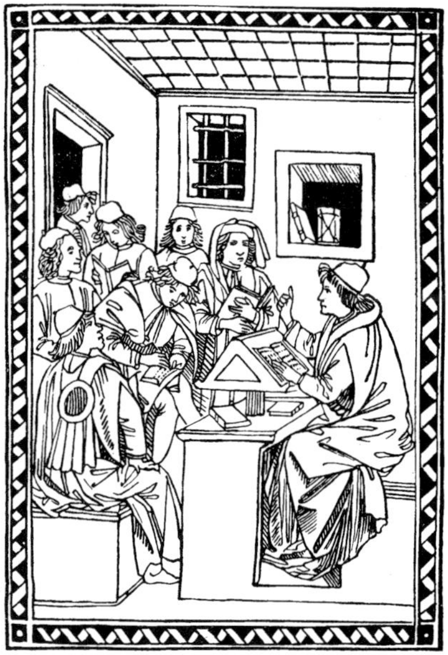

In ganz einziger Weise trieb ich das Studium des Altertums, weil mir meine eigene Zeit immer so sehr mißfiel, daß – wäre nicht die

Liebe zu den mir Teuren gewesen – ich wünschte, in jedem anderen Zeitalter geboren zu sein; und um die Gegenwart zu vergessen, suchte ich, im Geiste mich in andere Zeiten zu versetzen.

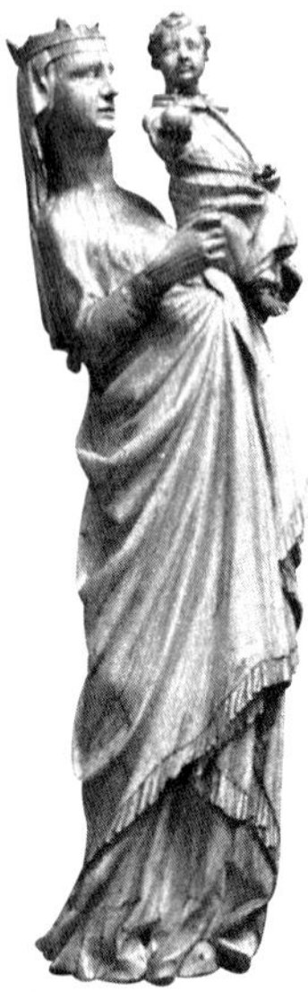

Gotisch

Das Mittelalter galt nun als barbarisch. Alles, was es in fast tausend Jahren hervorgebracht hatte, schien irgendwie unter dem Einfluß anderer Völker und Kulturen gewachsen. Die Byzantiner etwa und die Langobarden, die Karolinger oder die Staufer: sie alle hatten seit dem Untergang des römischen Reiches eigene Kunst und eigene Traditionen nach Italien mitgebracht. Die eigentliche italienische Kunst aber waren nicht etwa die bunten plattgewalzten Figuren des östlichen byzantinischen Stils, die auf einer Folie aus Gold zu kleben schienen. Auch nicht die Gotik, die aus Frankreich kam und alle gemalten oder gemeißelten Figuren so sehr in die Länge zog oder verbog, als wären sie aus Brotteig. In ihre langen, faltigen Gewänder gehüllt, schien es, daß im wirklichen Leben der kleinste Wind sie hätte umblasen können.

AUF NACH ROM!

In Rom aber standen noch das Colosseum und das Marcellustheater. Sie hatten das Mittelalter geduldig abgewartet. Auf dem Marsfeld war das Pantheon errichtet, eines der Wunder der Stadt aus römischer Zeit. Die Kuppel dieses Tempels war wie das Himmelsgewölbe. Alle Architekten kletterten jetzt auf Kisten und Leitern und maßen jede Kleinigkeit nach

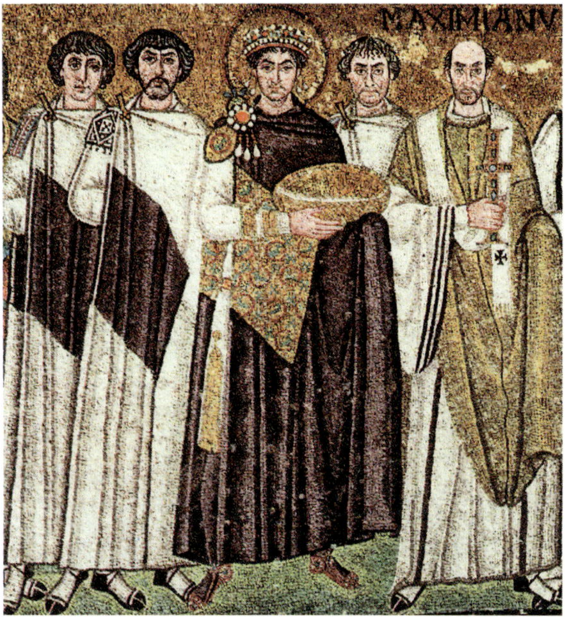

Byzantinisch

allen Regeln mathematischer Kunst genau aus: jede Säule, jeden Giebel, jeden Bogen. In Zukunft wollten die Baumeister nur noch Kirchen bauen, die genauso schön waren wie das antike Pantheon, voller Anmut und Harmonie, und die auf gleiche Weise den menschlichen Proportionen entsprachen. Das nämlich war der Schlüssel zu all den Tempeln und Palästen, die man so sehr bewunderte: Sie waren in ihrer Weise alle nach dem Vorbild des menschlichen Körpers gebaut. Alle Gliedmaßen standen hier in einem harmonischen Verhältnis zueinander. Es sei denn, man hätte Arme, die bis zum Boden reichen, und wäre so groß und dünn wie eine gotische Kathedrale. Einen Menschen ohne Speckbauch und gedunsenen

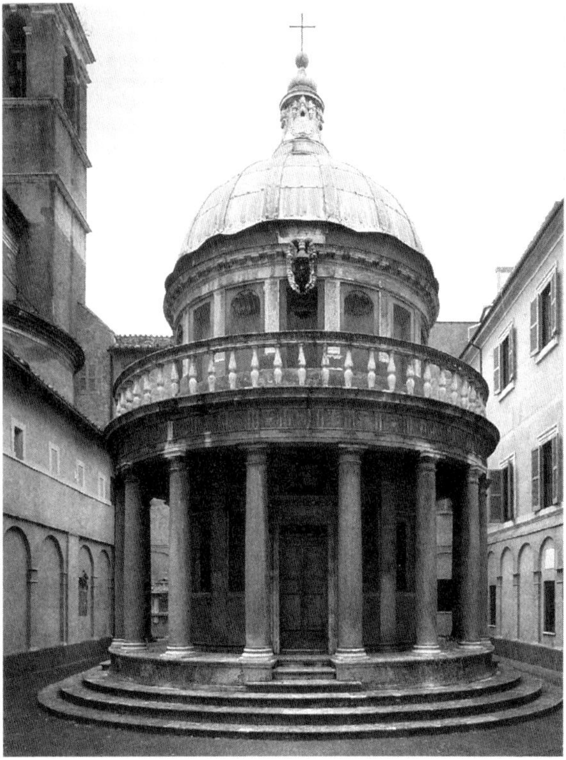

Bramantes Tempelchen, 1502

Hintern traf man aber damals natürlich ebenso selten wie heute. Und Männer mit hängenden Schultern gab es schon früher. Also entdeckte man begeistert die großartigsten Figuren aus der Antike. Die wurden in ihrer Schönheit, Anmut und Vollendung für jeden nun das neue Ideal vom Menschen. In einem Weinberg zum Beispiel fand man in einem geheimen Raum unter der Erde die fast drei Meter hohe Marmorfigur des Laokoon, der mit seinen beiden Söhnen gegen zwei riesige Schlangen kämpft.

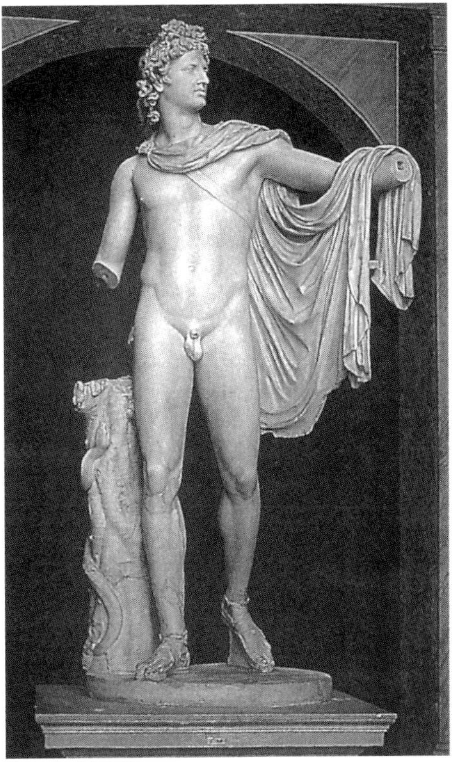

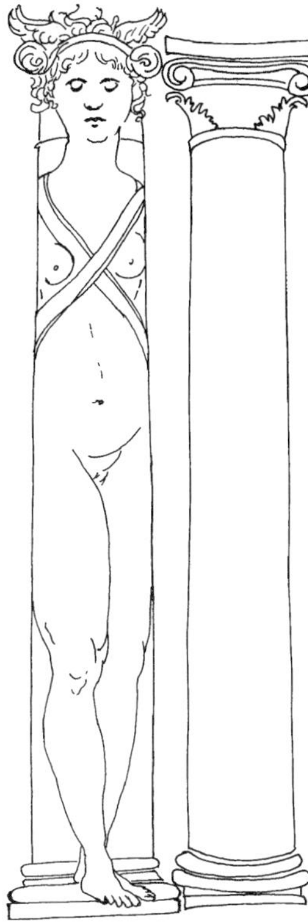

links: Der Apoll vom Belvedere, *rechts:* Proportionsstudie für eine Säule

Die Schlangen sind wie pralle, wildgewordene Wasserschläuche, und Laokoon reißen im Kampf vor Anstrengung fast die Muskeln. Diese Figur faszinierte die Menschen damals ebenso wie der «Apoll vom Belvedere». Er stammt ungefähr aus dem Jahr 130. Er war so berühmt und wurde so bewundert, daß ihn der Papst höchstpersönlich für seine Kunstsammlung haben wollte. Jeder Bildhauer, der etwas auf sich hielt, schuf nun selbst auch nur noch Figuren im klassischen Stil. Michelangelos David ist eine der schönsten. Eine andere seiner Figuren war eine so hervorragende Nachahmung, daß man später lange glaubte, sie sei über tausend Jahre alt und stamme wirklich aus römischer Zeit. Weil man sich damals um die Wiedergeburt der antiken Kultur bemühte, nennt man diese Epoche bis heute «Renaissance». Renaissance heißt Wiedergeburt.

Vom Geld und den Medici

In den Städten Italiens entstanden jetzt neue Bauwerke nach klassischen Vorbildern und Regeln. Überall auf Plätzen oder in Gärten wurden die neuen «antiken» Figuren aufgestellt. Allein in Florenz wurden zwischen 1450 und 1470 nicht weniger als dreißig Palazzi im neuen Stil gemauert. Dazu schrieb der Architekt und Gelehrte Leon Battista Alberti:

Was ist dies doch, daß ganz Italien in Erneuerung wetteifert? Wie viele Häuser hatten in unserer Kindheit nur Bretter, wo jetzt Marmor liegt!

Alberti selbst baute in dieser Zeit den Palast für den reichen Kaufmann Giovanni Rucellai. Und 1444 hatte schon der Architekt Michelozzo mit dem Bau des Palastes für Cosimo de' Medici begonnen. Nicht weniger als zweiundzwanzig Häuser mußten dafür abgerissen werden, und es dauerte zwanzig Jahre, bis der Medici-Palast fertig war. Dann aber war er der größte Palazzo der Stadt. Jeder Reisende, der Florenz besuchte, und alle Florentiner Bürger konnten auf den ersten Blick sehen, daß die Medici die reichste und mächtigste Familie von Florenz waren. So groß

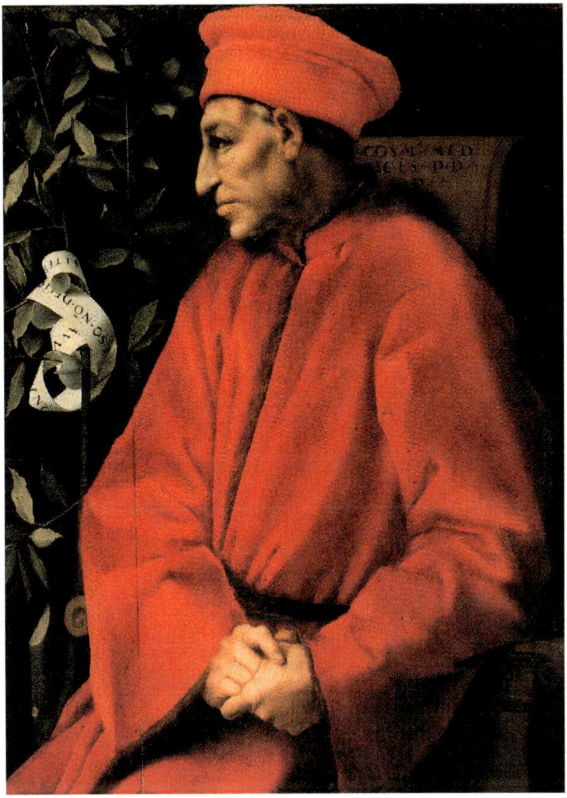

Pontormo:
Cosimo de' Medici

und beeindruckend war ihr Palast. Vor seiner Fassade stand eine lange Sitzbank. Wer mit den Medici Geldgeschäfte zu erledigen hatte, mußte dort warten, bis er von einem Mitglied der Familie vorgelassen wurde. Die Medici nämlich unterhielten eines der größten Finanzhäuser der Welt. Sie hatten Zweigstellen in ganz Europa und machten mit Wechselbriefen und Krediten viel Geld. Cosimo de' Medici, der allerdings starb, bevor sein neuer Palazzo überhaupt richtig fertig war, herrschte über Florenz beinahe wie in anderen Städten ein Fürst oder Herzog. Natürlich war er vor allem an seinem eigenen Gewinn interessiert. Aber das ist schließlich jeder erfolgreiche Geschäftsmann. Wer ihm allerdings im Weg war oder in Florenz zu mächtig wurde, den schloß er von öffentlichen Ämtern aus oder schickte ihn kurzerhand ins Exil. Das war für Staatsmänner immer schon der leichteste Weg, sich Gegner vom Hals zu schaffen.

Die Medici waren beim Volk trotzdem beliebt. Weil sie so viel Macht besaßen, sorgten sie für Sicherheit. Und weil sie so reich waren und über die besten Geschäftsverbindungen in ganz Europa verfügten, brachten sie viel Geld in die Stadt und belebten die Wirtschaft. Davon profitierte auch der kleine Krämer.

Cosimo war gleichzeitig ein großer Förderer der Künste und sammelte wertvolle handschriftliche Ausgaben klassischer Autoren. Er unterstützte die «Platonische Akademie», in der die klügsten Köpfe des Landes forschten und philosophischen Überlegungen nachgingen. Er ließ Kapellen und drei Kirchen bauen und vergab Aufträge an einige der besten Bildhauer und Maler seiner Zeit. An Donatello zum Beispiel und an Ghiberti. Oder an Paolo Uccello, der im Jahr 1435 für Cosimo de' Medici die berühmte «Reiterschlacht» malte. Cosimos Sohn hieß Piero, und dessen Sohn war Lorenzo, «der Prächtige». Sie alle waren große Kunstsammler und Förderer der Künste.

Der Blick in die Ferne

Überhaupt waren in der Renaissance nicht mehr Adel und Kirche die wichtigsten Auftraggeber der Künstler. Das war im Mittelalter so gewesen, und im großen und ganzen war dabei vor allem religiöse Kunst herausgekommen. Also eine «Anbetung der Heiligen Drei Könige» etwa oder die Darstellung eines Apostels oder eine Madonna oder eine Kathedrale wie der Mailänder Dom. Jetzt aber bestellten immer häufiger auch reiche Tuchfabrikanten oder Kaufmänner und Bankiers ihre Kunstwerke. Eben wie die Medici in Florenz. Auch dieses reiche Bürgertum gab nach wie vor Madonnen und Altäre in Auftrag. Damit dankte man Gott für seinen Reichtum oder tat sogar Buße dafür. Wer viele Heiligenbilder bezahlte, galt außerdem als gottesfürchtig, rechtschaffen und stand als guter Mensch da.

Botticelli:
Die Geburt der Venus

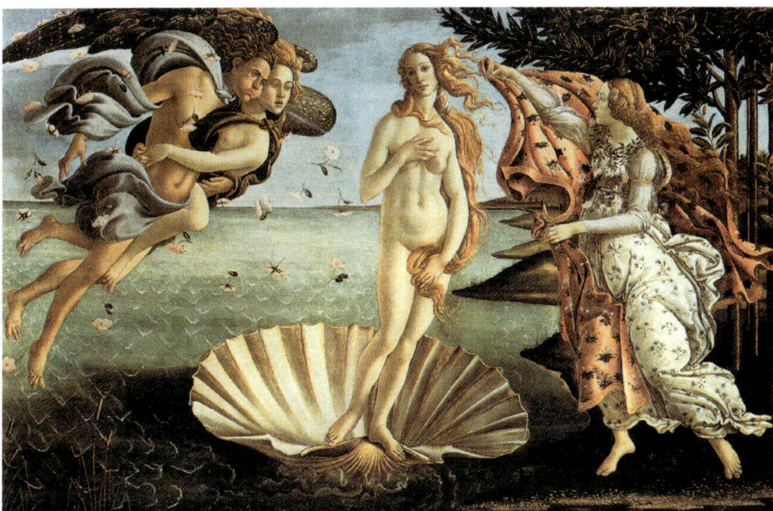

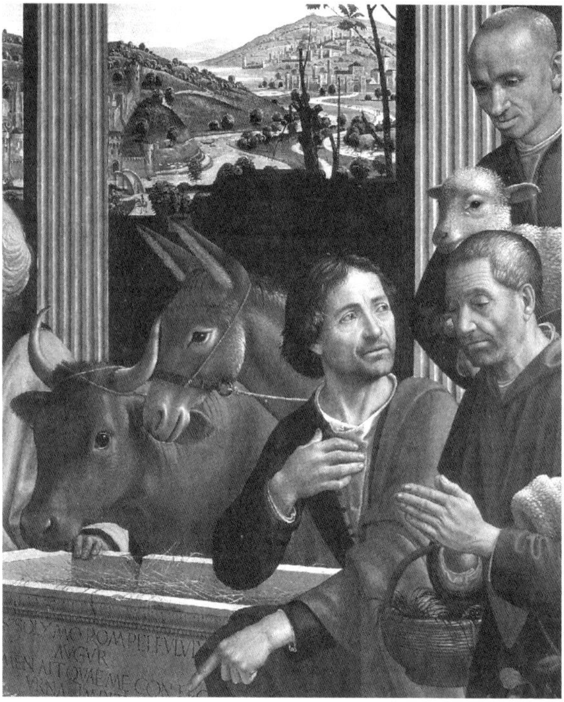

Die Anbetung des Kindes von Domenico Ghirlandaio

Schließlich aber war auch in der Malerei die Antike in Mode gekommen. So mancher wollte jetzt die Darstellung einer Szene aus der römischen Mythologie besitzen. Oder man gab Darstellungen der griechischen Philosophen in Auftrag. Die Figuren auf den Bildern, überhaupt alles darauf, sollte nun ganz wirklichkeitsgetreu aussehen. Wie richtige Menschen eben und wie echte Landschaften oder wie echte Häuser. Nicht mehr so platt und langgezogen wie früher, ohne ein Gefühl für vorn und hinten. Dazu benutzten Maler wie Masaccio und Uccello, später dann jeder, der als Künstler etwas auf sich

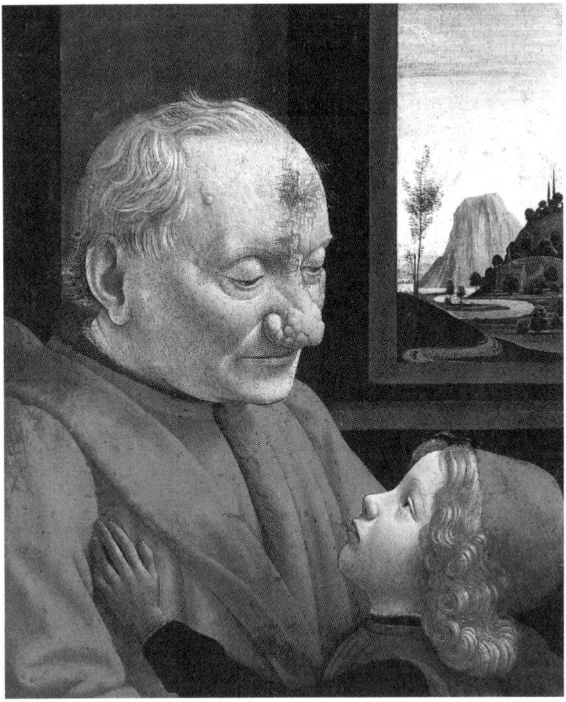

Ghirlandaio: Bildnis eines alten Mannes mit einem Kind

hielt, die sogenannte «Perspektive». Die hat weniger mit Malerei zu tun, eher mit Mathematik. Für die Malerei war sie dennoch die großartigste Entdeckung seit der roten Farbe. Denn mit der Perspektive schienen viele Bilder plötzlich nicht mehr flach und künstlich, sondern eher wie ein offenes Fenster. Bei manchen Bildern hatte man nun das Gefühl, als könne man hinter den Figuren im Vordergrund vierzig Kilometer weit in die Landschaft sehen. Jedenfalls viel weiter, als man an einem Tag gehen kann. Wenn man jetzt ganz genau nach den Gesetzen der Perspektive eine Figur malte und ihr durch Licht und

Schatten größte Körperhaftigkeit verlieh, dann sah sie aus wie aus Fleisch und Blut oder wenigstens wie eine gemeißelte und buntbemalte Statue. Und zum erstenmal in der Geschichte der Kunst konnte man in der Renaissance zum Beispiel Nasen malen, die wirklich so dick, verwarzt und so rund waren wie eine alte Kartoffel. Denn im Mittelalter hatte alle Welt auf Bildern natürlich nur platte Nasen gehabt, und das sah gar nicht echt aus.

Verdrehte Köpfe

Gemalte Bildnisse wurden bei den Bürgern von Florenz oder Mailand jetzt noch beliebter, als sie es ohnehin schon waren. Bisher hatte man Porträts meistens im Profil gemalt. So wie auf der nächsten Seite. Das hatte ebenfalls mit der Antike zu tun, wie jeder sofort erkennen kann. Die Frau sieht nämlich aus, als hätte der Maler sie direkt von einer antiken Münze abgemalt. Auf denen hatten die Römer ihre Kaiser abgebildet. Auch in genau dieser Seitenansicht. Neuerdings aber wurden immer mehr Leute auch von vorn gemalt. Einmal, weil man eben seit Erfindung der Perspektive wußte, wie man Nasen malt. Aber vor allem, weil jedes Gesicht von vorn interessanter ist. Von der Seite ist es fast so langweilig wie von hinten. Es sei denn, jemand hat Ohren wie Salatblätter. Und Porträts vom Hinterkopf gab es erst im 18. Jahrhundert. Von vorn betrachtet, kann man in jedem Gesicht die feinsten Regungen sehen. Verwunderung zum Beispiel oder Zweifel oder Vergnügtheit. Das allerdings zu malen ist schwer.

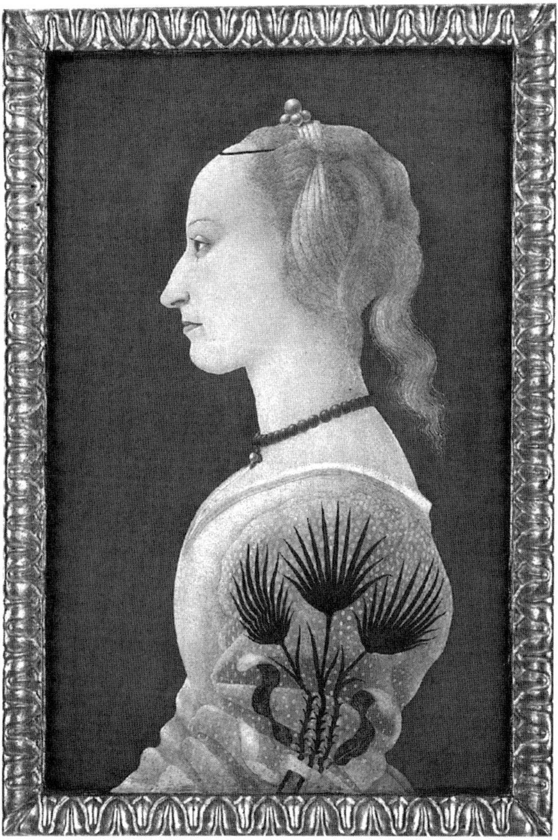

Im Profil: Porträt einer Frau in Gelb von Baldovinetti, um 1465

Viel schwerer als ein genaues Abbild im Profil. Aber was soll man machen, wenn man Maler ist und andere die neue Manier schon gut beherrschen und viel Geld mit ihren Porträts verdienen.

Leonardo malte überhaupt keine Seitenansichten. Das war altmodisch und bestimmt auch langweilig. Schon das Bildnis der Tochter seines Freundes Amerigo de' Benci machte er deshalb mit nur leicht abge-

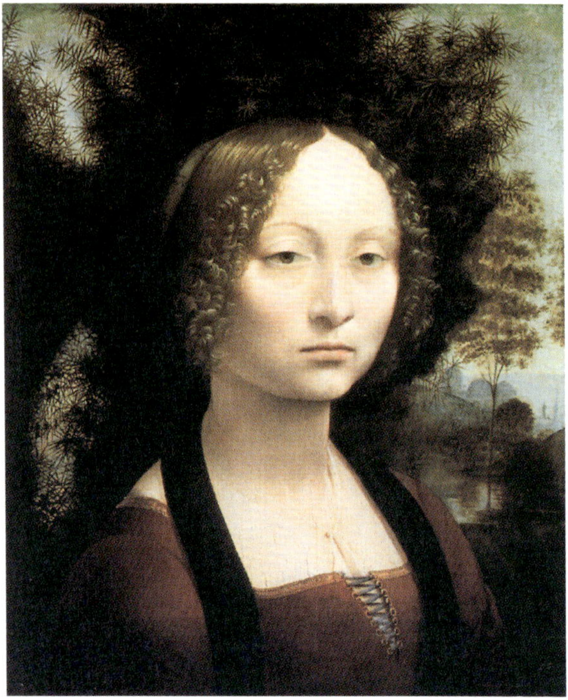

Leonardo:
Ginevra de' Benci

wandtem Gesicht. Da war Leonardo gerade dreiundzwanzig Jahre alt, und dies war sein allererstes Porträt. Ob Lisa del Giocondo dieses Bild jemals zu Gesicht bekommen hat, weiß man natürlich nicht. Doch als sie Leonardo im Frühjahr 1503 zum erstenmal in seinem Atelier besuchte, war sie sich einer Sache sicher: Leonardo durfte sie auf keinen Fall mit verdrießlich herabgezogenen Mundwinkeln malen oder mit traurigen Augen.

Aber das hatte Leonardo ja sowieso nicht vor.

4
Die Erfindung der «Mona Lisa»

Gutes Licht bei schlechtem Wetter

Leonardo hatte ein Fenster, das er mit einem kleinen Flaschenzug hochziehen und herunterlassen konnte. Der Grund dafür war, daß er etwas, das er gerade nachbildete, nahe beim Fenster fertigmachen wollte. Er hatte auch eine Kiste, in der seine Arbeit an Rollen hochgezogen oder heruntergelassen werden konnte. Damit sich das Bild, an dem er gerade saß, nach oben oder nach unten bewegte und nicht er selbst. Die Kiste ging durch den Fußboden und in den Raum unter dem Atelier. Und jeden Abend ließ Leonardo seine Arbeit hinunter und verschloß sie von oben. Dann stand sie da wie eine Truhe und konnte ihm als Sitzbank dienen. Leonardos Atelier war nämlich klein. In

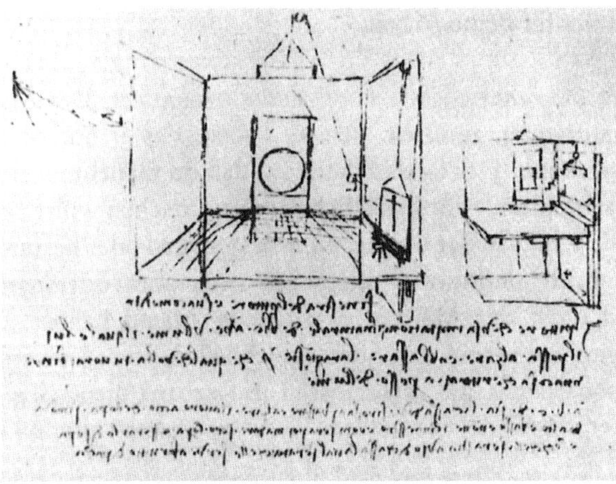

Leonardos Atelier

kleinen Zimmern oder Räumen sammelt sich der Geist, in großen zerstreut er sich. Das hat Leonardo selbst so gesagt. Porträts malte er auch im Innenhof des Hauses, den er mit einer Leinenplane überdachen konnte. Dann bekam er gutes Licht. Oder er machte sie am Abend oder bei schlechtem Wetter.

Sieh dich um auf den Straßen, wenn es Abend wird, und schau auf die Gesichter von Männern und Frauen, wenn auch noch das Wetter schlecht ist: wie anmutig und weich sie sind. Du hast dir also, Maler, einen Innenhof eigens hergerichtet, mit schwarz gestrichenen Mauern und einem leicht über die Mauern vorspringenden Dach, er soll zehn Ellen breit, zwanzig Ellen lang und zehn Ellen hoch sein, und wenn die Sonne scheint, überdache ihn mit einer Plane oder male gegen Abend, wenn es wolkig oder neblig ist, das ist die vollkommene Luft.

Lisa del Giocondo wird mit der Zeit also hier und da gesessen haben, und oft mußte sie die Treppen vom Atelier zum Innenhof hinabsteigen. Und dann gewiß wieder hinauf. Es war bestimmt nicht nur Vergnügen, sich porträtieren zu lassen. Und gerade Leonardo war dafür bekannt, daß er sehr langsam arbeitete. Einmal beschwerte sich sogar jemand über ihn, weil er halbe Tage lang vor einem unvollendeten Bild hockte, ohne auch nur einen einzigen Pinselstrich zu tun. Leonardo mußte sich dafür vor seinem Auftraggeber rechtfertigen:

Er setzte [ihm] das Wesen der Kunst auseinander und machte ihm begreiflich, daß erhabene Geister

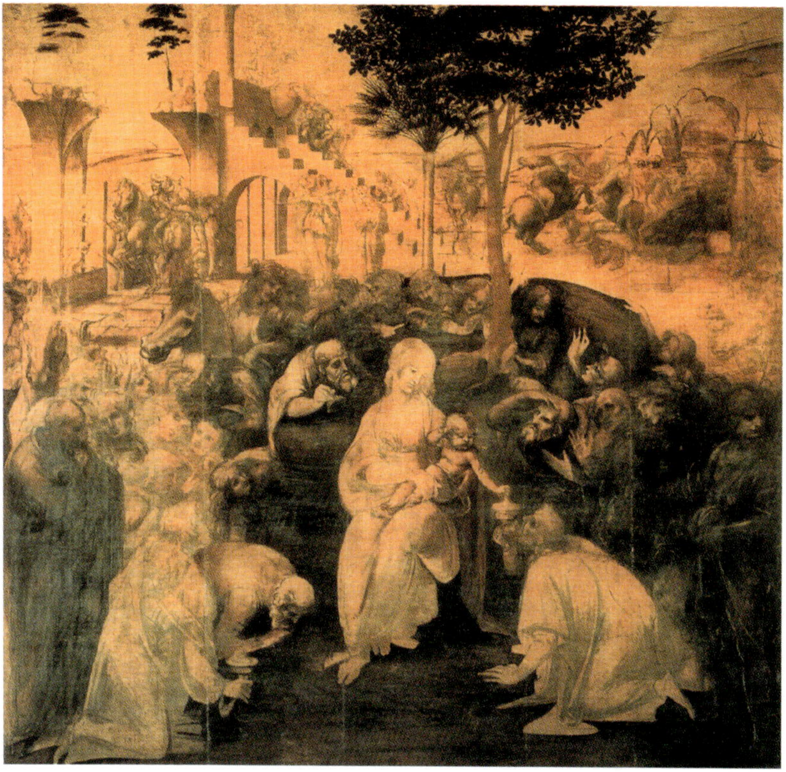

Unvollendet: Die Anbetung der Könige

bisweilen um so mehr schaffen, je weniger sie zu arbeiten scheinen, nämlich dann, wenn sie ihr Werk im Geist konzipieren und sich eine genaue Vorstellung davon machen, so daß hernach die Hände nur nachzubilden und auszuführen haben, was in der Idee bereits vollendet dasteht.

Aber das kann nicht jeder begreifen. Auch heute glauben ja die meisten Leute, man döst nur vor sich hin, wenn man nicht den ganzen Tag betriebsam ist und viel Staub dabei aufwirbelt. Es passierte Leo-

rechts: Allerlei Künstler und Handwerker, Maler, Bildhauer, Goldschmiede

nardo allerdings auch, daß er Arbeiten gar nicht mehr zu Ende brachte. Entweder geriet er beim Malen ins Zittern, weil er in Dingen Fehler sah, die anderen wie Wunder schienen. Oder die mühselige Ausführung einer Idee langweilte ihn plötzlich, weil er selbst die letzte Kleinigkeit schon wußte. Die Arbeit barg darum keine Erkenntnis oder Überraschung mehr für ihn. Dann übergab er die alte Sache seinen Schülern oder ließ sie einfach liegen und ging einem völlig neuen Gedanken nach. Einmal verärgerte er auf diese Weise sogar den Papst, der über Leonardo sagte:

Dieser Mensch wird leider nichts tun; er fängt vor dem Beginn einer Arbeit an, über ihr Ende nachzudenken.

Die göttliche Malerei

Das alles aber beweist nur, wie wichtig Leonardo die Idee war und das Gedankliche an seiner Malerei. Die meisten Maler der Renaissance galten noch als Handwerker und waren kaum mehr geachtet als ein Flickschuster. Wie die Weberei oder die Schwert- und Harnischmacherei, so zählte auch die Malerei zu den «mechanischen Künsten». Viele Maler machten nebenher auch Goldschmiedearbeiten oder dekorierten Leder für den Sattler. Die Bessergestellten sahen auf sie herab, weil sie sich bei der Arbeit die Hände schmutzig machten und oft verschmierte Kleider trugen. Von einem Maler, der (wie heute jeder zweite) ein «Genie» gewesen sein soll, hatte man damals noch nie gehört.

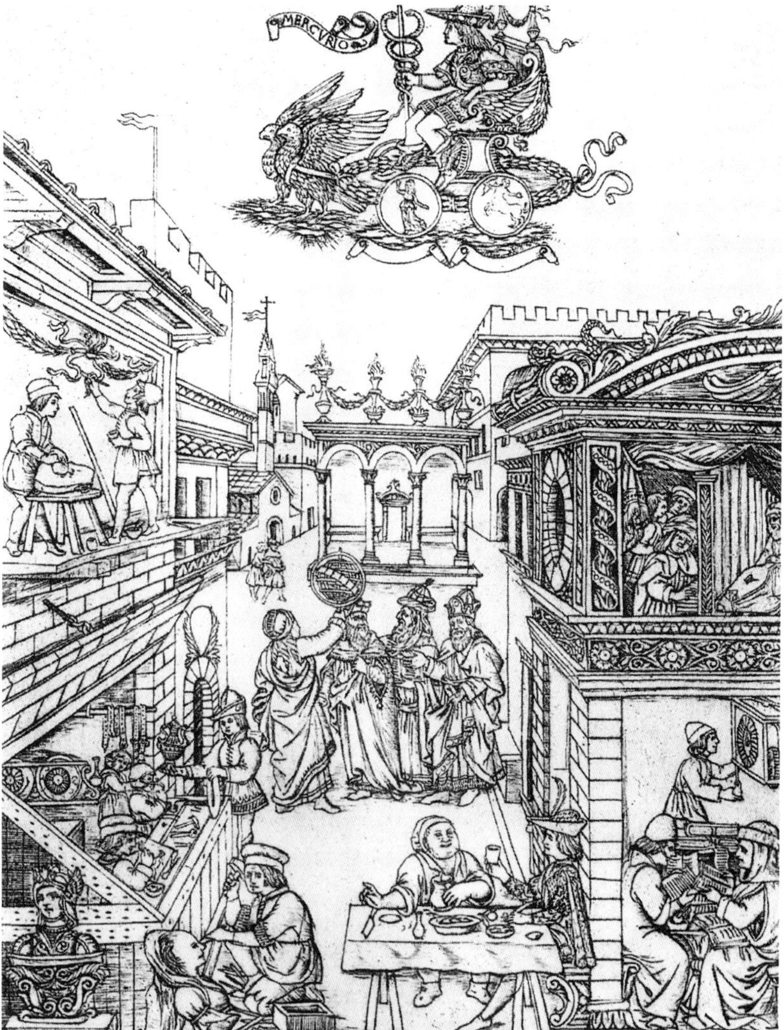

MERCVRIO E PIANETO MASCHVLINO POSTO NELSECONDO CIELO ET SECHO MAPERCHE LA
SVA SICITA EMOLTO PASSIVA LVI EFREDO CONQVEGLI SENGNI CH SONO FREDDI EVMIDO COG
LI VMIDI E LOQVENTE INGENGNIOSO AMA LESCIENSIE MATEMATICA ESTIVDIA NELLE DIVI
NASIONE A ILCORPO GRACILE COE SCHIETTO ELBRI SOTTILI ISTATVRA CHONPIVTA DE
METALLI A LARGIENTO VIVO ELDI SVO E MERCOLEDI COLLA PRIMA ORA E 15 EZZ
LANOTTE SVA E DELDI DELLA DOMENICHA A PER AMICO ILSOLE PER NIMICO AVENE
RE LASVA VITA OVERO ESALTATIONE EVIRGO LASV MORTE OVERO NVMILISASIONE
E PISCE HA HABITASIONE GEMNI DI DI VIRGO DINOTTE VA E IZ SENGNI IN 78
DI COMINCIANDO DA VIRGO IN ZO DI E Z ORE VA VN SENGNO

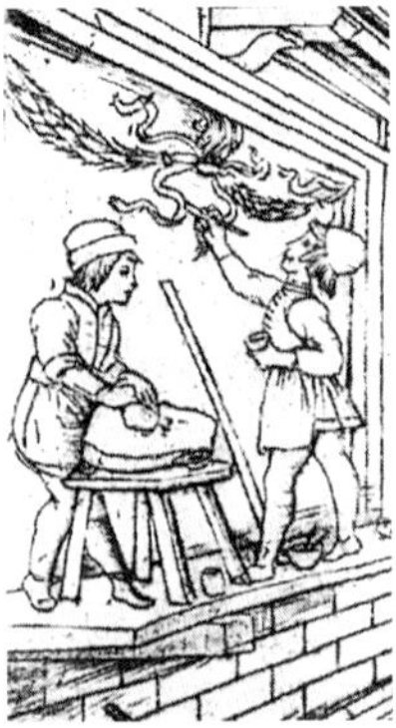

Wie alle Handwerker mußten auch die Maler einer Zunft angehören. Diese bestimmte über die Ausbildung der Lehrlinge und über den Preis, den man für ein Bild verlangen durfte. Zünfte waren eine mittelalterliche Einrichtung. Leonardo aber sah sich nicht mehr als Handwerker. In seinen Augen war Malerei eine Wissenschaft und gehörte zu den sogenannten «freien Künsten». Wie Literatur und klassische Bildung, die von den Humanisten gelehrt wurden. So schrieb er in seinen Schriften:

Die göttliche Wissenschaft der Malerei handelt von allen Werken, den menschlichen wie den göttlichen, die von Oberflächen, das heißt von den Umrißlinien des Körpers, begrenzt sind; damit schreibt sie dem Bildhauer die Vollkommenheit seiner Statuen vor. Mit ihrem Grundprinzip, der Zeichnung, lehrt sie den Baumeister, einen dem Auge angenehmen Bau zu schaffen; […] sie hat die Zeichen erfunden, mit denen man sich in den verschiedenen Sprachen ausdrücken kann, sie hat den Arithmetikern die Ziffern gegeben, sie hat die Geometrie das Figurenzeichnen gelehrt; sie unterweist die Optiker, die Astronomen, die Maschinenbauer und die Ingenieure.

Lautenspieler und Spassmacher

Wer sehen konnte, sah sofort, daß Leonardo ein Künstler war. Sein Bart glich dem des Aristoteles. Als er das Bildnis der Lisa del Giocondo malte, war Leonardos Atelier aufgeräumt und sauber wie ein Studierzimmer. An den Wänden hingen schöne Bilder, und Leonardo saß in höchster Bequemlichkeit vor seinem Werk. Er trug feine, elegante Gewänder und bewegte den federleichten Pinsel mit den prachtvollen Farben. Der Lautenspieler, den er bestellt hatte, spielte eine heitere Melodie. Vielleicht las im Wechsel zur Musik Leonardos Schüler Salai aus Büchern vor. Manchmal kamen sogar Spaßmacher und sorgten für Unterhaltung. Durchs Fenster fiel das erste Abendlicht und legte über Lisas Gesicht einen zarten Schleier. Sie saß auf einem Stuhl, ihr linker Arm ruhte auf der Lehne. Sie sah zu, wie Leonardo malte. Die rechte Hand hatte sie über die linke gelegt. Sie saß aufrecht und gelassen, wie es eben der Frau eines reichen Florentiner Kaufmanns selbstverständlich war. Ihr Gewand unauffällig, auf den ersten Blick fast einfach. Aber die Ärmel schimmerten in senffarbenem Samt und das Oberkleid war aus teurer bestickter Seide. Francesco hatte sie in seinen kostbarsten Stoffen einkleiden lassen. Ihre Augenbrauen waren rasiert, so war die Mode, und sie trug keinen Schmuck. Vielleicht war sie einmal mit einem Ring am Finger zu Leonardo gekommen oder mit einer feinen Kette aus Gold. Aber dann hatte er vielleicht nur die Stirn gerunzelt, und Lisa hatte den Schmuck wieder abgelegt. Über ihrem Haar trug sie wie alle verheirateten

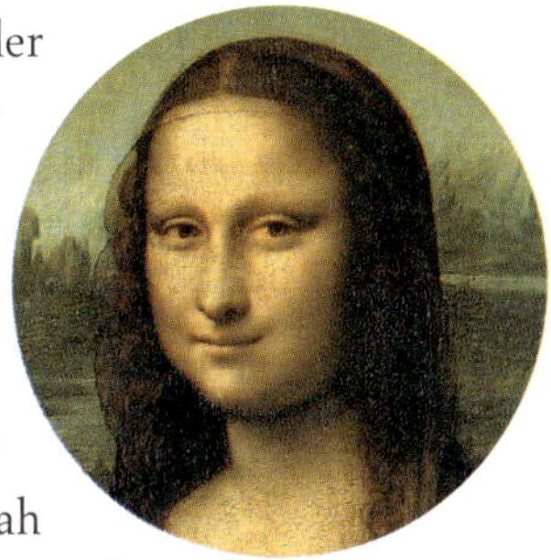

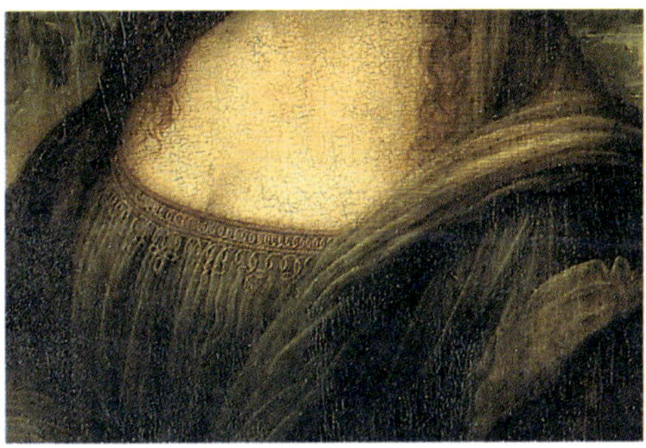

Frauen einen dunklen Schleier. Der fiel sanft über ihre Schultern und bis in den Schoß. Lisa war vierundzwanzig Jahre alt.

UNGEDULD IST DIE MUTTER DER TORHEIT

Das heißt, sie war vierundzwanzig, als Leonardo mit ihrem Porträt begann. Vielleicht war sie jetzt aber auch fünfundzwanzig Jahre alt oder sogar achtundzwanzig. Leonardo malte ihr Bild nämlich gewiß nicht schneller als seine übrigen Gemälde. Wahrscheinlich beeilte er sich wirklich überhaupt nicht. Ungeduld ist die Mutter der Torheit. Außerdem mußte er sich auch um andere Sachen kümmern. Für die Regierung von Florenz machte er, bald nachdem er mit dem Bild angefangen hatte, Pläne, den Flußlauf des Arno umzuleiten. Damit sollte der feindlichen Stadt Pisa der Weg zum Hafen abgeschnitten werden. Auf diese Weise sollte Pisa ausgehungert und erobert werden. Daraus wurde aber nichts. Zur gleichen Zeit beendete er seine Forschungen über den Vogelflug und verfaßte eine vierteilige Abhandlung über die Vögel. Der erste Teil handelte vom Flug durch das Flügelschlagen, der zweite vom Flug ohne Flügelschlag durch die Gunst des Windes, der dritte vom gewöhnlichen Flug der Fledermäuse,

Dies ist Leonardos Hubschrauber, auf der anderen Seite sieht man seinen Fallschirm.

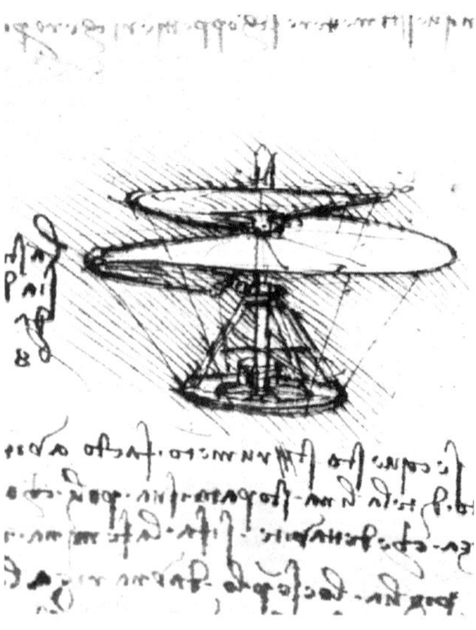

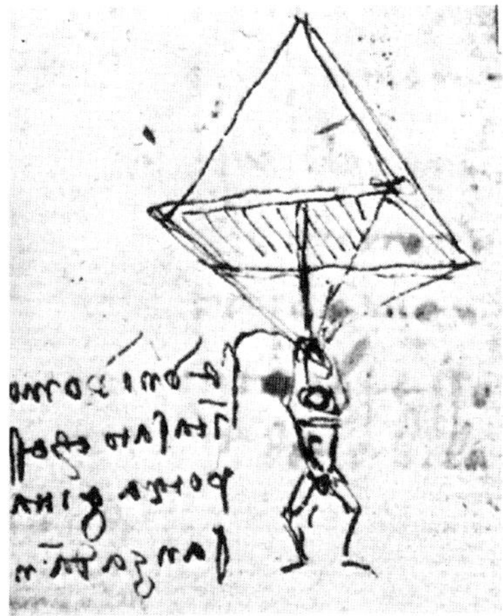

Fische und Insekten, der letzte vom künstlichen Flug. Schließlich hatte er von der Regierung noch den Auftrag für ein Wandgemälde im Großen Ratssaal des Regierungspalastes. Das Gemälde sollte die Schlacht von Anghiari darstellen, in der Florenz 1440 Mailand besiegt hatte. Es sollte zwanzig Meter lang werden und vier Meter hoch. Heldenhaft und brutal. Obwohl in dieser Schlacht nur ein einziger Mann ums Leben gekommen war (und auch der nur, weil er vom Pferd fiel, und das war ja sehr wenig für so ein großes Bild). Leonardo aber machte einen Entwurf, kaufte Gips ein, Leinöl, griechisches Pech, Nußöl, Wachs und Bleiweiß aus Alex-

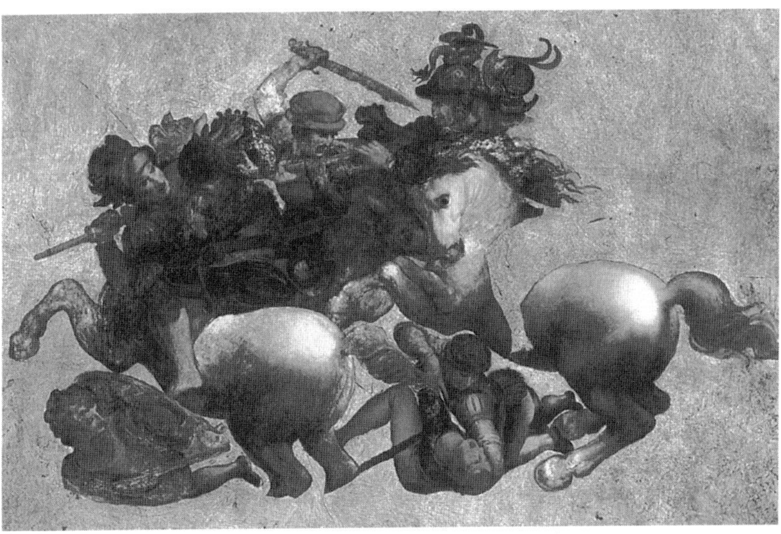

Kopie eines unbekannten Künstlers von Leonardos Anghiari-Schlacht

andria und Schwämme aus Venedig. Allerdings experimentierte er bei der Behandlung der Wand mit einem alten römischen Rezept. Als die Farben am Ende nicht trocken wurden und ineinanderliefen, ließ Leonardo die ganze Sache bleiben. Das war schon im Winter 1505. Am Porträt der Lisa del Giocondo arbeitete er da noch immer.

Bleiweiss und Schwefelgelb

Tatsächlich war er mit dem Bild insgesamt über drei Jahre beschäftigt. Jedem sonst wäre dabei das Lächeln wohl vergangen. Aber Lisa nicht. Vielleicht ahnte sie, daß Leonardo da ein ganz besonderes Bild von ihr machte. Selbst wenn er sie mit ihren fleischigen Schultern malte und ihrem hängenden Haar. Gar nicht so schlank und zart, wie sie bestimmt viel lieber gewesen wäre, oder mit modischer Frisur. Vielleicht vertrieb Leonardo ihr die Zeit auch mit Erzählungen vom ehemals prächtigen Hof des Ludovico Sforza, Herzog von Mailand, der jetzt in französischer Gefangenschaft lebte. Oder er trug Lisa eine Fabel vor: die von den Zähnen gebissene Zunge oder vielleicht das Märchen vom Schnee. Vielleicht beschrieb er den Alten mit dem Fuchsgesicht, dem er den halben Tag lang nachgelaufen war, weil er etwas so Häßliches noch nicht gesehen hatte. Während solcher Gespräche setzte er einen Pinselstrich neben den anderen, verfiel ins

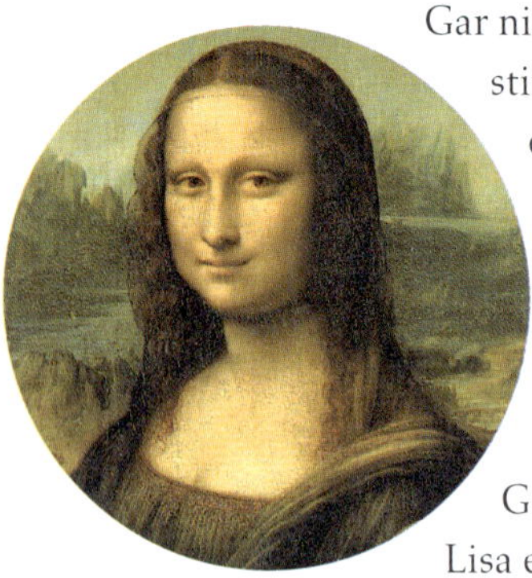

Grübeln und malte die geringste Schattierung oder den dünnsten Faden mit größter Sorgfalt. Die Tafel war aus Pappelholz. Die Farben aus gebranntem Ocker für die dunklen Schatten, aus Bleiweiß und Schwefelgelb für die Fleischfarbe. Leonardo malte alles mit Öl aus Senfkörnern und Leinsamen, vielleicht auch mit Nußöl.

Das Lächeln der Pampelmuse

Auf dem Bild saß Lisa nicht etwa in seinem Atelier, sondern auf einer Terrasse vor einer weiten Landschaft. Der Himmel über dieser Landschaft war von reinstem Blau. Überhaupt war das ganze Gemälde, als Leonardo es malte, nicht so modrig wie heute, da der Staub von fünfhundert Jahren darüber liegt. Die Berge ganz hinten waren fast ebenso blau wie der Himmel, aber schon grau vom Stein und trotzdem so wenig massiv wie aufschießender Schaum aus dem Meer. Die Berge weiter vorn waren wie mit roter Kreide gezeichnet. Lisas Kleid dagegen schimmerte schwarz, nicht matt und stumpf, sondern mit kleinsten Lichtpunkten darauf. Die zeigten jede einzelne Falte im Stoff. Das ganze Gemälde war von solcher

Klarheit und Genauigkeit, wie man es heute gar nicht mehr glauben kann. Leonardo verwandte unendliche Sorgfalt darauf, daß die Oberfläche des Bildes völlig glatt blieb und eben. Man hätte das Gelb eines Eies darüber rutschen lassen können: es wäre nicht zerflossen.

Am großartigsten war Lisas Gesicht. Es thronte hoch über den Bergen und ragte weit über den Horizont hinaus in den Himmel. Vor fast fünfhundert Jahren noch ohne den blaugrünen Stich, den es heute hat, sondern von natürlicher Farbe. Blut strömte durch ihre Wangen, und Leonardo legte Glanz und Feuchtigkeit in ihre Augen, so, wie er sie im Leben sah. Das berühmte Lächeln der «Mona Lisa» malte er mit vielen Erinnerungen. (Jedenfalls vermutete das ein berühmter Wissenschaftler, der Seelenforscher Sigmund Freud, den seine Familie heute «grapefruit» nennt, und das heißt «Pampelmuse».) Leonardo hatte Musiker spielen und Spaßmacher ihre Scherze treiben lassen, Salai hatte vorgelesen, Leonardo hatte Geschichten erzählt, um dieses Lächeln immer wieder auf Lisas Lippen zu locken. Und das war der Grund dafür (sagte Sigmund Freud): Lisas Lächeln erinnerte Leonardo an das seiner Mutter, und die war damals wahrscheinlich schon viele Jahre tot.

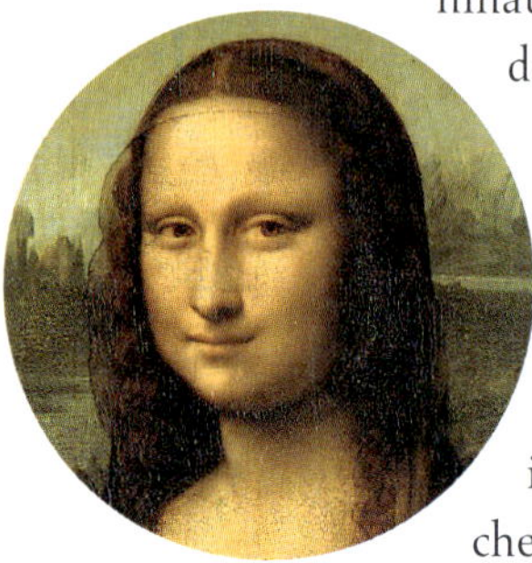

5
Die Geburt des Malers

Von Vinci nach Florenz

Leonardo kam am 15. April 1452 in einem Dorf in der Nähe der kleinen Stadt Vinci zur Welt. Vinci liegt etwa vierzig Kilometer westlich von Florenz und ist umgeben von Weinbergen, Ölbäumen und Zypressen. Sein Vater hieß Piero da Vinci und war Notar. Seine Mutter hieß Caterina und war Bäuerin. Die beiden waren nicht verheiratet. Noch im Jahr von Leonardos Geburt nahm Piero eine andere zur Frau. Die erste Zeit blieb Leonardo wohl bei Caterina, aber bald holte ihn sein Vater zu sich. Keiner weiß, wie oft Leonardo seine Mutter daraufhin wiedersah. Als Piero dann nach Florenz zog, wo er

Vinci im 20. Jahrhundert

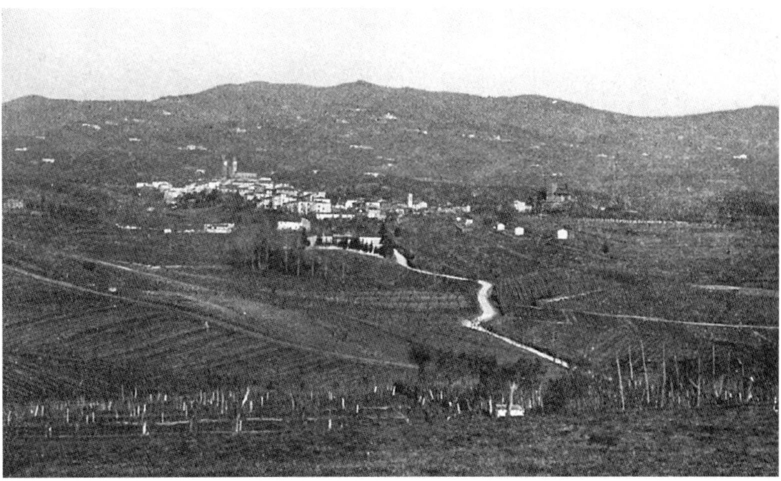

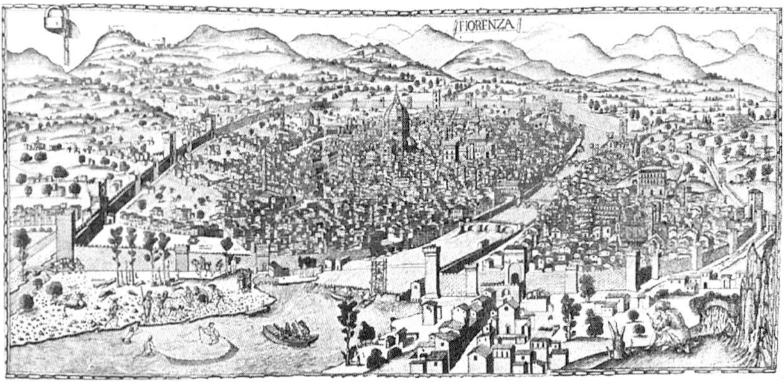

Florenz im späten 15. Jahrhundert

schnell zu einem der gefragtesten Notare wurde, ging Leonardo mit. Da war er ungefähr siebzehn Jahre alt. In Florenz hätte der Sohn eines Notars damals eigentlich alles werden können: Arzt zum Beispiel, Apotheker oder Richter. Aber weil Leonardo unehelich geboren war, durfte er nicht einmal die Universität besuchen. Darum wurde er Maler.

WER IST VERROCCHIO?

Im selben Jahr, in dem Lorenzo de' Medici die Macht in Florenz übernahm, begann Leonardo in der Werkstatt des Andrea del Verrocchio seine Lehre. Und Verrocchio war nicht einfach irgendwer. Er belieferte die Medici höchstpersönlich, und jetzt machte er das Grabmal für Lorenzos Vater. Verrocchio war am liebsten Bildhauer, aber er war auch Maler und Goldschmied. Wenn ihn seine Auftraggeber in der Werkstatt besuchten, konnte er mit ihnen über Philosophie, Musik und die Dichter der Antike reden. Jedes Kunstwerk, das Verrocchios Werkstatt verließ, war von hervorragender Qualität, und seine Schüler gehörten zu den besten. Leonardo mußte jetzt Farben reiben, Metalle schmelzen und Marmor schleppen. Oder Leinwand schneiden und Ton kneten. Außerdem lernte er von Verrocchio die Regeln der Perspektive, viel über Mathematik, Optik und andere wissenschaftliche Gebiete, in denen sich ein moderner Künstler gut auskennen mußte. Verrocchio war ein ausgezeichneter Lehrer, und er hatte großen Einfluß auf den jungen Leonardo. Die mei-

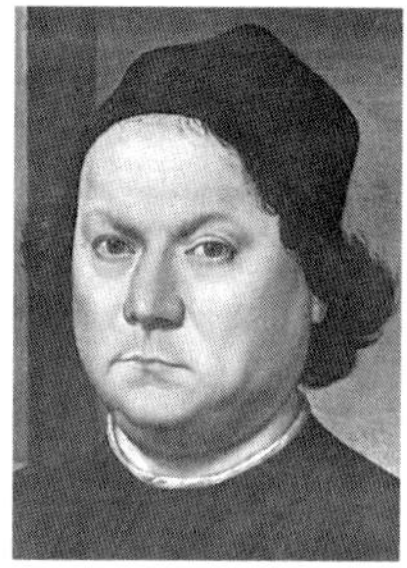

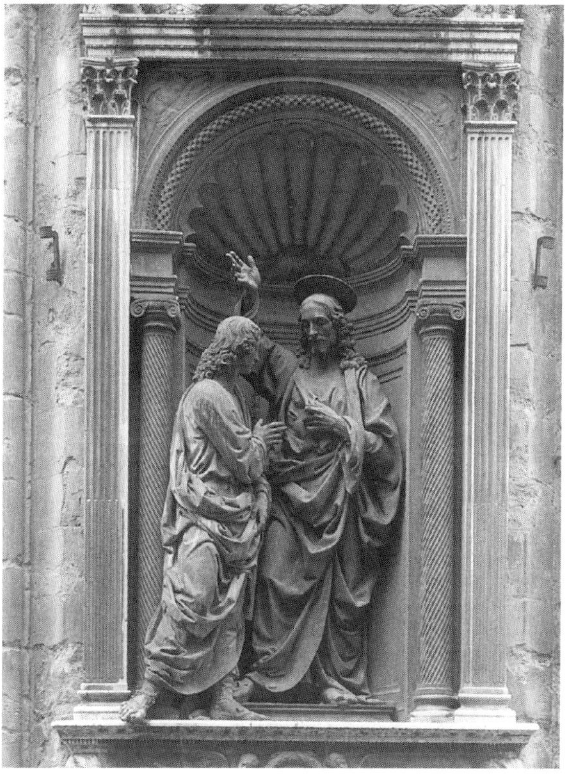

Verrocchios Bronzegruppe des Ungläubigen Thomas

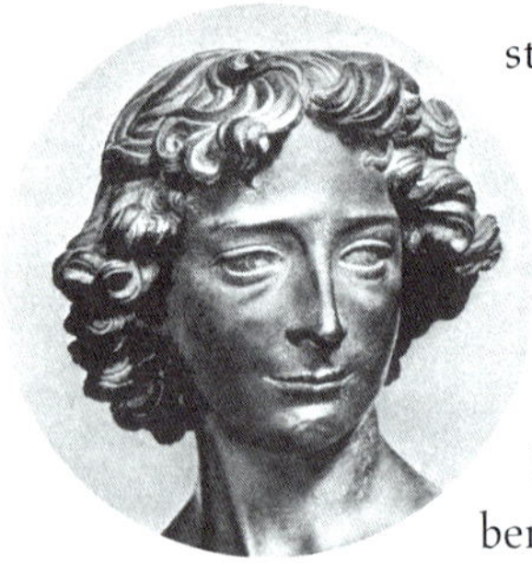

sten seiner Skulpturen sind voller Anmut, ihre Gesichter haben häufig feine und freundliche Züge. Und oft den Anflug eines Lächelns. Die Gesichter auf Leonardos frühen Zeichnungen sehen genauso aus. Das Lächeln bewahrte sich Leonardo für die Malerei bis an sein Lebensende.

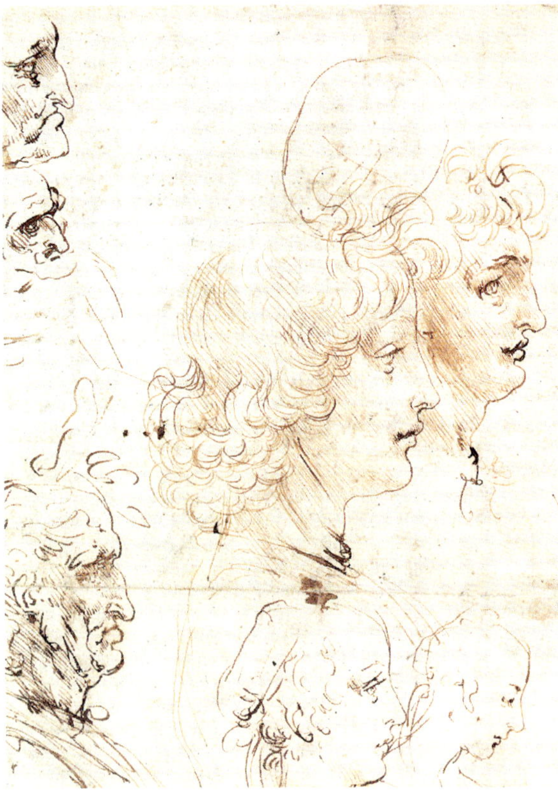

Gesichter auf einer frühen Zeichnung Leonardos: von Verrocchio beeinflußt

Kümmerlich ist der Schüler, der seinen Meister nicht übertrifft. Einmal brachte Piero da Vinci seinem Sohn einen Holzschild, den ihm ein Bauer mitgegeben hatte. Leonardo sollte ihn für den Mann schön bemalen. Weil aber ein Schild dazu da ist, Feinde abzuwehren, wollte sich Leonardo ein grauenerregendes Bild zur Ausschmückung überlegen. Er sammelte Eidechsen, Grillen, Schlangen, Heuschrecken, Nachtfalter und Fledermäuse und schnitt allen in seinem Zimmer die Köpfe ab. Den Fledermäusen schnitt er vielleicht noch die Flügel ab und einer Eidechse die Beine. Er mag wohl jedes Tier in sechs oder sieben Teile zerschnitten haben. Es ist besser, sich dieses Grauen nicht vorzustellen. Auch nicht den Verwesungsgestank im Zimmer. Leonardo setzte dann aus diesem Gemetzel ein fürchterliches Ungeheuer zusammen. Das malte er mit größter Sorgfalt auf den Schild. Als Piero kam, um den Schild wieder abzuholen, hatte Leonardo sein Zimmer bis auf einen schwachen Lichtschein verdunkelt. Der Schild stand hinten an der Wand. Als Piero eintrat und sein Blick darauf fiel, packte ihn das pure Entsetzen. Alles mögliche kann passieren, wenn jemanden das nackte Grauen packt, weil ein feuerspuckendes, widerliches Monster auf einen zutobt. Genau das war es, was Piero sah. Leonardo freute sich über den Erfolg seiner Malerei. Piero nahm den Schild und verkaufte ihn teuer an einen Florentiner Kaufmann.

Ungeheuer und Engel

Verrocchio hat von dieser Begebenheit vielleicht gar nichts erfahren. Aber die Arbeit, die Leonardo in seiner Werkstatt ausführte, machte großen Eindruck

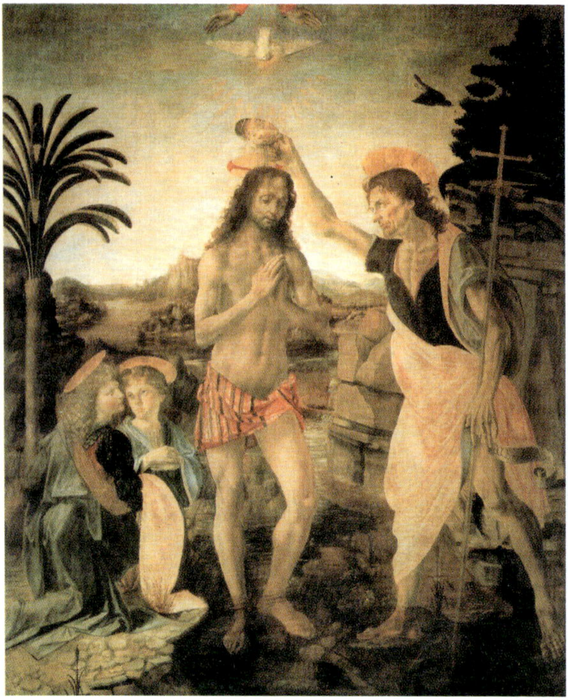

Verrocchio und Leonardo: Taufe Christi

auf ihn. Zum Beispiel hatte Verrocchio ein Gemälde von der «Taufe Christi» gemalt, in das Leonardo noch einen Engel einfügen sollte. Das war der linke Engel. Leonardo malte aber nicht nur den Engel, sondern auch noch die Landschaft im Hintergrund und die Augenlider Christi und das Wasser, in dem Christus steht. An anderen Stellen verschönerte er die Arbeit seines Meisters noch ein wenig. Da war Leonardo zwanzig Jahre alt. Verrocchio malte danach kein einziges Bild mehr. Jeder schlechte Lehrer hätte Leonardo wahrscheinlich aus Eitelkeit oder verletztem Stolz auf die Straße geworfen. Verrocchio aber

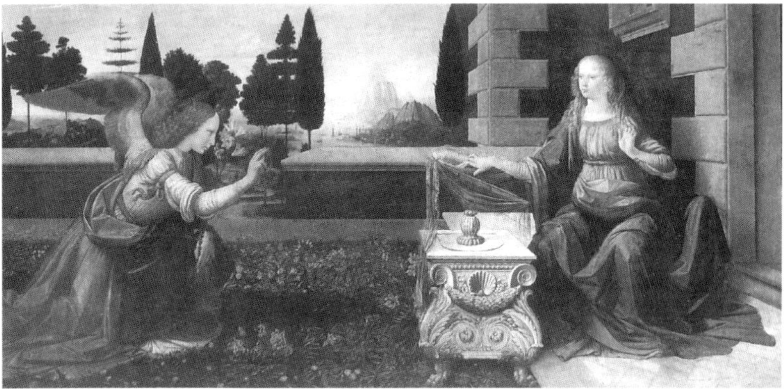

Die Verkündigung, eines von Leonardos frühesten Gemälden

machte Leonardo statt dessen zu seinem Hauptgehilfen und übertrug ihm die Aufsicht über die Gemäldeabteilung seiner Werkstatt. Er selbst konnte sich nun in Ruhe seiner Arbeit als Bildhauer widmen.

Leonardo blieb über seine Lehrzeit hinaus bei Verrocchio. Wahrscheinlich bis er sechsundzwanzig war. In dieser Zeit machte er einen Wandteppich für den König von Portugal, malte einige seiner frühen Meisterwerke und entwickelte Ideen, die er später im Leben vervollkommnete. Er erfand zum Beispiel das Sfumato.

Holzpferde

Die Natur ist die Lehrmeisterin der Maler. Leonardo war von Anfang an ein genauer Beobachter und Erforscher der Natur. Vom Häßlichen war er ebenso fasziniert wie vom Schönen. Wenn er irgendwo ein häßliches Gesicht sah, machte er schnell eine Zeich-

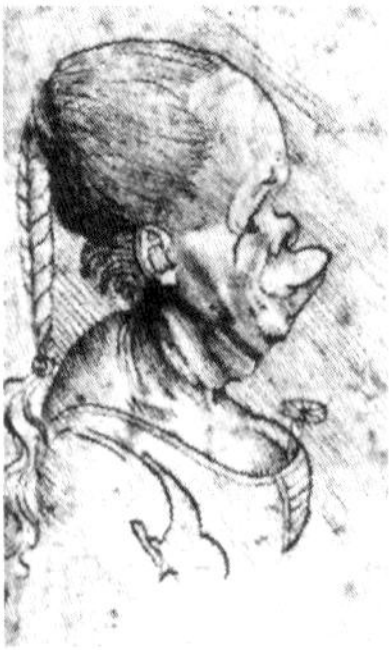

nung davon. Er zeichnete aber auch Kühe und Pferde und Gebüsch und Drachen und Katzen und Landschaften. Man kann sich also gut vorstellen, wie er vielleicht eines Tages weit vor den Stadtmauern von Florenz auf einem Hügel saß und wieder zeichnete. Die Sonne stand hoch am Himmel. Es war so hell und klar, daß Leonardo die Tauben erkennen konnte, die in der Ferne um die Kuppel des Doms herumflogen. Oder er saß auf dem Hügel, und ein Gewitter zog sich zusammen. Dann sah er fast gar nichts mehr. Aber er zeichnete und blickte in die Landschaft, so weit, wie er eben konnte. So erfand er das «Sfumato».

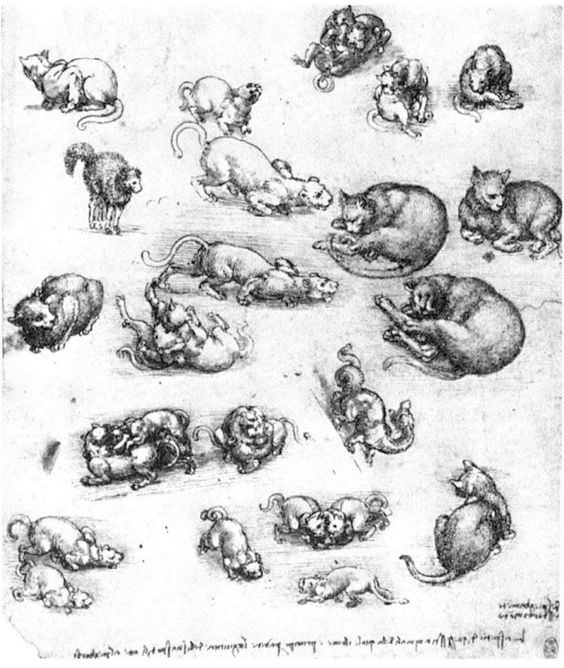

Ein Drachen unter Katzen

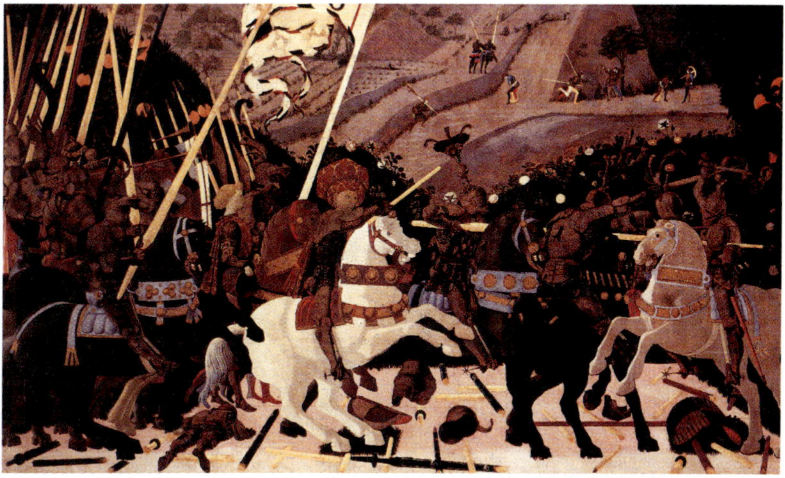

Uccellos Reiterschlacht

Die Perspektive beherrschte zu der Zeit ja schon fast jeder. Mit Masaccio und Uccello war sie vierzig Jahre zuvor in Mode gekommen. Jetzt gehörte sie zur Malerei wie Leinwand und Farbe. Jeder wußte nun, wie man den Eindruck erweckt, ein Bild sei gar nicht flach, sondern tief und weit mit vorn und hinten. Aber Leonardo war damit noch nicht zufrieden. Er fand, daß die Figuren auf all diesen Bildern hölzern und steif aussahen. So, als ob sie mit der Landschaft, in der sie standen, überhaupt nichts zu tun hätten. Beispielsweise wirkten Uccellos Pferde wie Spielzeugpferde, die man am liebsten aus dem Bild herausgenommen und vor sich auf den Tisch gestellt hätte. Und die Leute auf seinen Bildern sahen aus wie sehr genau nachgemachte Menschen. Aber eben doch nicht wie echte. Die vorn im Bild waren groß und die hinten ganz klein. Das war ein Ergebnis der Perspektive.

Das Sfumato

Leonardo beobachtete jetzt in der Natur, daß Dinge mit der Entfernung nicht nur scheinbar kleiner wurden, sondern auch ihre Farben änderten. Und daß sie nicht mehr so scharf umrissen und genau zu erkennen waren wie aus der Nähe betrachtet. Sie bekamen verschwommene Ränder und gingen irgendwie aus der Form und lösten sich langsam ineinander auf.

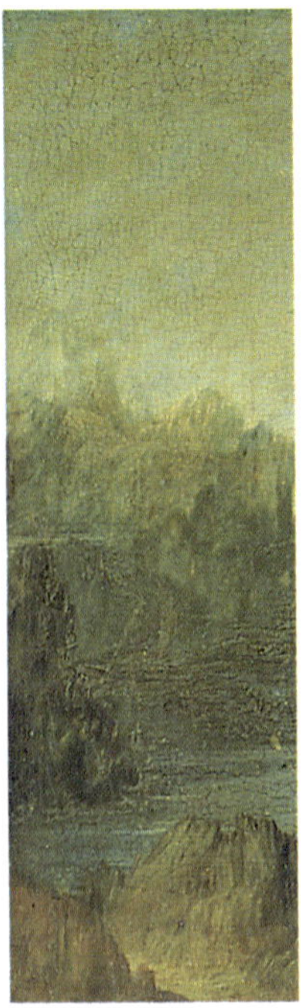

Die Tauben zum Beispiel, die um den Florentiner Dom herumflogen, sahen eigentlich eher aus wie fliegende Brötchen. Weil man ihre Köpfe, Schwanzfedern und selbst ihre Flügel gar nicht mehr erkennen konnte. Und die Kuppel des Doms war völlig verschwommen und schien hoch über Florenz zu tanzen. Das kam daher, weil heiße Luft von den Straßen der Stadt emporstieg. Oder wenn sich ein Gewitter zusammenzog, lag ein Dunstschleier über der ganzen Landschaft, die Farben der Bäume und Felder waren trübe. Und weiter in der Ferne schien sogar der Himmel in die Berge zu fließen und machte sie blau, wäßrig und nahm ihnen jede Härte. Dunkle Schatten glitten von den Bergen. Sie legten sich über Teile eines Gewässers, so daß Berge und Wasser fast eins waren. Wasser schien plötzlich wie Stein und Stein wie Luft. Weiter vorn floß ein Bach und wand sich wie eine enge Straße zwischen anderen Felsen hindurch zu seiner Mündung oder rechts zur Brücke. Und unter der Brücke floß noch ein Fluß, und der lief hinaus in ein Dunkel, das Stein war oder Wasser oder Schatten. Vor all diesem sitzt auf dem Bild Mona Lisa. Aber sie ist nicht einfach auf den Hintergrund dieser Landschaft gesetzt, sondern sie ist wie ein Teil davon. Der Dunstschleier reicht von den Bergen ganz hinten bis an ihr Haar und an ihr Gewand. Sie ist der Anfang der Landschaft, so, wie der Himmel, der vom Horizont aufsteigt, das Ende ist. Weiche Schatten laufen über ihr Gesicht und nehmen Lisas Zügen jede harte Linie. Den Augen wie dem Mund. Und vom Gesicht greift der Schatten hinüber zu ihrem Haar, und das Haar fließt unter dem dunklen Schleier hinab auf ihr Kleid. Alles ist fließend und Bewegung. Nichts auf dem Bild ist so scharf umrissen, daß es innerhalb seiner festen Form hölzern oder starr aussieht.

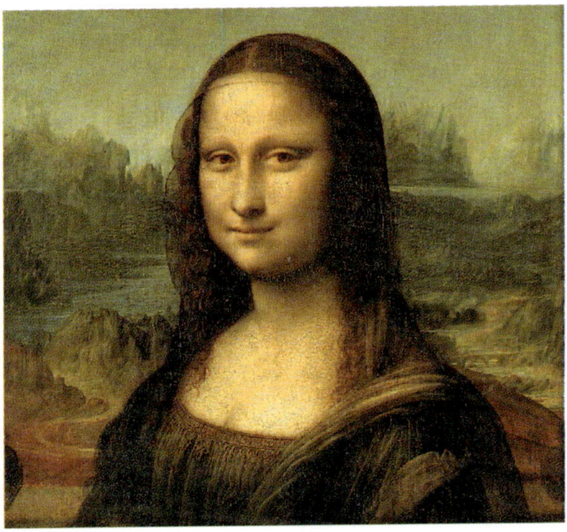

Das ist Sfumato.
Darum ist Lisa auf Leonardos Bild so lebendig.

6
Der Hof der Sforza

Wie Ludovico an die Macht kam

In Mailand herrschte jetzt Ludovico Sforza. Seit Verschwörer Ludovicos älteren Bruder ermordet hatten, war dessen Sohn Herzog des Landes. Aber Gian Galeazzo war damals erst acht Jahre alt. Ludovico witterte seine Chance. Geschickt vertrieb er die Mutter des Jungen und machte sich zum Vormund. Da war er auch Regent von Mailand. Er lenkte Gian Galeazzo raffiniert zum eigenen Vorteil und hielt ihn im Kastell von Pavia gefangen. Später verheiratete er ihn mit der Enkelin des Königs von Neapel, um die Stellung Mailands in Italien zu festigen. Schließlich soll er ihm Gift gegeben haben, doch das ist vielleicht nur ein Gerücht. Der Herzogstitel fiel jedenfalls nach Gian Galeazzos Tod an Ludovico.

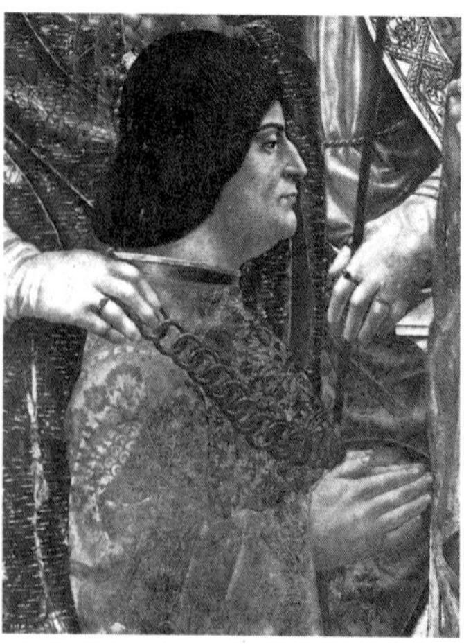

Er war berechnend, hinterlistig, gerissen und klug. Sein Hof war der prächtigste in ganz Europa, und Mailand war die reichste Stadt Italiens.

Ludovico lebte im Castello Sforzesco, der weitläufigen Burg am Rande der Stadt. Mit ihm zusammen lebten dort seine Verwandtschaft: Kind und Kegel, Frau und Mätressen – aber auch seine Beamten. Er hatte seine Schatzmeister um sich und Kämmerer, Juristen, Doktoren, Trompeter und Falkner, Zwerge, Schuster und Barbiere, seine Astrolo-

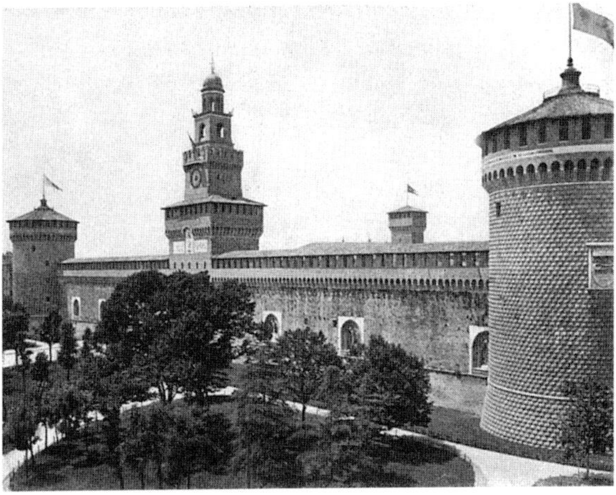

Das Castello Sforzesco

gen und Magier, einen Chor aus Flandern und Musiker aus Deutschland. Eigentlich alles, wofür man Namen finden kann, bestimmt einige hundert Leute. Der Hof und das ganze Herzogtum waren Ludovico untertan. Mailand war nicht Republik wie Florenz: Allein Ludovico Sforzas Wort war Gesetz.

Die silberne Laute

Einmal kam ein Bote von Lorenzo de' Medici an den Mailänder Hof und überbrachte Ludovico als Geschenk eine silberne Laute. Die sah aus wie ein Pferdekopf und war eine neue Erfindung. Es fand gerade ein Wettbewerb statt, und der Bote spielte als letzter. Er übertraf alle anderen Musiker, seine Laute klang voller und schöner als jedes Instrument sonst. Er konnte zudem besser singen als die anderen und erfand die besten Verse. Das war wahrscheinlich im Jahr 1482.

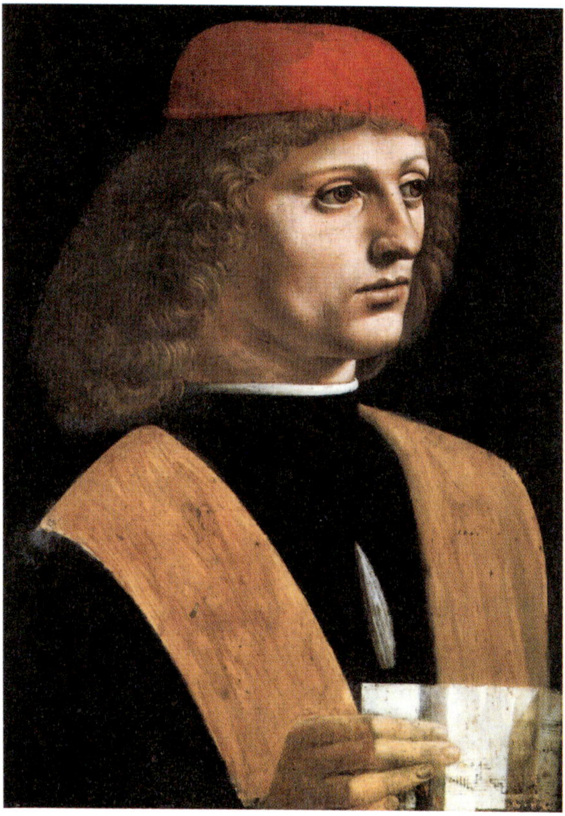

Leonardos Bildnis eines Musikers

Dieser Bote, der sich Ludovico Sforzas Gunst erspielte, war Leonardo da Vinci und niemand sonst. Leonardo war nämlich ein hervorragender Musiker geworden, sogar Komponist. Die Musik ist ja die kleinere Schwester der Malerei, und das Ohr ist nach dem Auge das wichtigste Sinnesorgan. Leonardo hatte schon bei Verrocchio in Florenz musikalische Studien aufgenommen. Er schlug mit einem Hammer auf den Tisch und beobachtete, daß sich um den

Hammer herum gleichmäßige Figuren im Staub bildeten. So machte er unsichtbare Schwingungen sichtbar. Er erforschte das Echo, den Ursprung des Klangs und sein Verschwinden. Er erteilte Musikunterricht, und später erfand er auch Instrumente wie die mechanische Violine, die vierstimmige Glocke und die Kurbeltrommel. Er machte sogar den Entwurf für einen reitenden Dudelsack mit geschwungener Summpfeife. Aber das war nur eine Verkleidung. Ludovico Sforza fand sofort Gefallen an Leonardo und nahm ihn an seinem Hof auf. Dort erfand er nun Theatermaschinen und entwarf Kulissen für allerlei Feste und Umzüge. In Mailand wurde viel gefeiert, und jedes Fest war von noch größerer Pracht als das vorausgegangene.

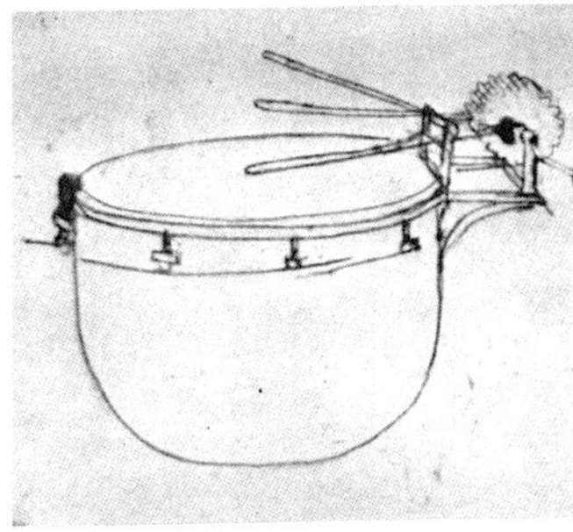

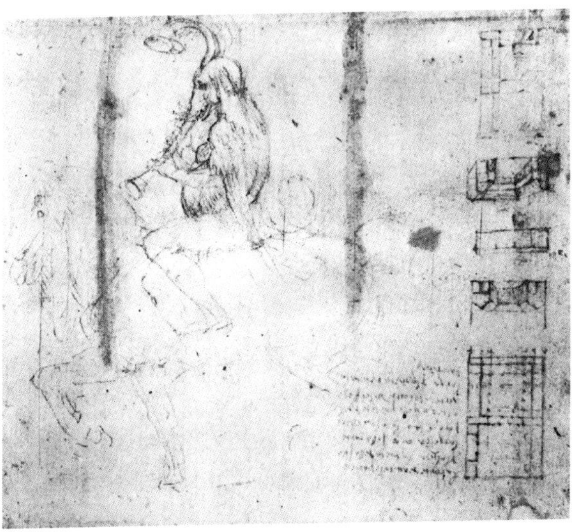

Der reitende Dudelsack

Der Ball der Planeten

Eine der aufsehenerregendsten *festa di gala* war der «Ball der Planeten». Ludovico richtete ihn im Januar 1490 aus, als er seinen willenlosen, nun einundzwanzigjährigen Neffen mit Isabella von Aragon verheiratete, der Enkelin des Königs von Neapel. Der gesamte Hofstaat nahm an den Feierlichkeiten teil und bestimmt ein Dutzend ausländische Gesandte. Diese sollten in ihren Heimatländern vom einzigartigen Glanz Mailands berichten.

Die Frauen trugen ihren kostbarsten Schmuck und die prachtvollsten Kleider aus Brokat oder Samt. Gold- und Silberstickereien funkelten im Schein der tausend Fackeln und Kerzen. Durch den gewaltigen Saal ging der süße Duft erlesener Parfums.

Auf einem Podium saßen Ludovico und Gian Galeazzo mit Isabella. Die Fürsten aus aller Welt erwiesen ihnen mit einem Maskenreigen die Ehre. Dann ritten türkische Reiter ein und verzauberten die Gäste mit dem Reichtum ihrer orientalischen Gewänder.

Ludovico wurde darüber so neidisch, daß er das Fest für kurze Zeit verließ und sich in ein goldenes Türkenkostüm kleiden ließ, das alle anderen übertraf. Exotische Tänze wurden aufgeführt, und Piero da Sarano, der Hofnarr der Sforza, trieb seine wildesten Späße.

Um Mitternacht öffnete sich ein schwerer Vorhang. Ludovico, Isabella, die Gesandten, jeder Kammerjunker und alle Fürsten verfielen in lautes Staunen. Sogar Gian Galeazzo soll noch einmal gelächelt haben. Vor aller Augen erschien zum Gesang der herzöglichen Chöre auf der Bühne das von Leonardo nachgebaute Himmelszelt. Einer der Gäste, der Botschafter von Ferrara, beschrieb diesen Anblick so:

[Es war] eine Art halbes Ei, innen ganz mit Gold ausgelegt, wo zahlreiche Fackeln die Sterne imitierten, und mit Nischen versehen, in welche die sieben Planeten ihrem Rang entsprechend aufgestellt waren. Am Rande dieses Halbeis, hinter einer Glasscheibe und von Fackeln erleuchtet, waren die zwölf Zeichen des Tierkreises zu sehen, die ein wunderbares Schauspiel boten.

Alles drehte sich oder schien am Himmelszelt zu schweben: die Planeten, die drei Grazien und die sieben Tugenden. Es waren Schauspieler, die nach den Beschreibungen antiker Dichter kostümiert waren. Schließlich fuhren die römischen Götter aus diesem Himmel herab und huldigten dem Hochzeitspaar. Der ganze Hof applaudierte und jubelte. Noch Jahre später erzählte man sich von diesem Schauspiel und von Leonardo, der mit seinen tollkühnen Erfindungen Himmel und Erde in Bewegung setzen konnte.

Krieg und Pest

Leonardo blieb insgesamt siebzehn Jahre am Hof der Sforza. In dieser Zeit lebte er manchmal fast selbst wie ein Edelmann. Ludovico überließ ihm großzügige Räumlichkeiten im früheren Palast der Herzogsfamilie. Dort hatte Leonardo auch eigene Diener. Er hielt sich Pferde, die er besonders liebte, und andere Tiere. Später einmal schenkte ihm Ludovico sogar einen ganzen Weinberg.

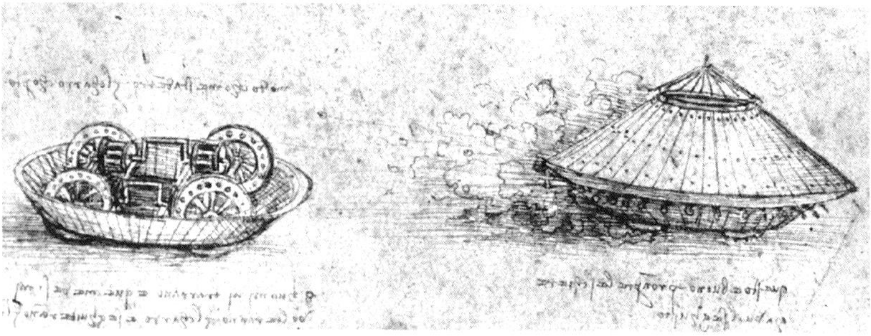

Der Panzer

In Mailand entwarf Leonardo aber nicht nur Bühnenbilder. Er war nämlich auch Ludovicos Militäringenieur und erfand für ihn Belagerungsmaschinen, eine Dampfkanone, ein Maschinengewehr und einen Panzer. Davon wurde aber nichts gebaut, weil der Krieg, den Ludovico mit Venedig führte, bald wieder zu Ende war. Als in Mailand die Pest ausbrach, machte sich Leonardo Gedanken über die Verbesserung der Hygiene in der Stadt. Während Ludovico sich entschloß, vorerst keine Austern mehr zu essen, und sich zur Vorsicht aufs Land zurückzog, starben in Mailand 50000 Menschen. Das war 1484 und 1485. Damals hoben die Totengräber ihre Preise an, und manchmal lagen die Leichen tagelang in den Häusern der Armen.

Leonardo schlug vor, eine völlig neue Stadtsiedlung zu bauen. Er hatte erkannt, daß die Straßenzüge von Mailand viel zu eng waren. In manchen Stadtteilen drang kaum Licht in die Straßen, das faulige Abwasser stand in riesigen Pfützen. Das neue Mailand sollte aus zehn Städten bestehen. Jede einzelne sollte nur eine bestimmte Anzahl von Häusern haben. In diesen Städten sollten die Straßen breit und hell sein. Ein System aus Schleusen und Kanälen würde für das Abfließen von Wasser und Dreck sorgen. Niemand interessierte sich aber für Leonardos revolutionäre Ideen. Später kam die Pest noch einmal nach Mailand. Wieder brachte sie Tausenden einen grausamen und qualvollen Tod.

Der kleine Teufel und das große Denkmal

Leonardo machte neben all den Erfindungen auch die Entwürfe für die Kuppel des Mailänder Doms. Er überwachte den Einbau eines Heizungssystems und bemalte später im Castello Sforzesco ein Deckengewölbe. Er hatte so gewaltig zu tun, daß er längst Helfer anstellen mußte. Er nahm Schüler zu sich in die Werkstatt. Einer von ihnen hieß Giacomo. Leonardo nannte ihn schon bald nur noch Salai. Das heißt «kleiner Teufel».

[Salai] kam am Magdalenentag 1490 im Alter von zehn Jahren, um bei mir zu wohnen. Dieb, Lügner, Starrkopf, Vielfraß. Am zweiten Tag ließ ich ihm zwei Hemden, ein Paar Schuhe, ein Wams anfertigen, und als ich das Geld beiseite legte, um besagte Dinge zu bezahlen, stahl er mir dieses Geld aus der Geldkatze, und niemals war es mir möglich, ihn zum Geständnis zu bringen, obwohl ich darüber eine wirkliche Gewißheit hatte.

Er schickte Salai aber nicht fort. Und obwohl sich herausstellte, daß er als Maler nicht zu gebrauchen war, begleitete er Leonardo fast bis an dessen Lebensende. Er wurde sein Freund. Ein geliebter Freund.

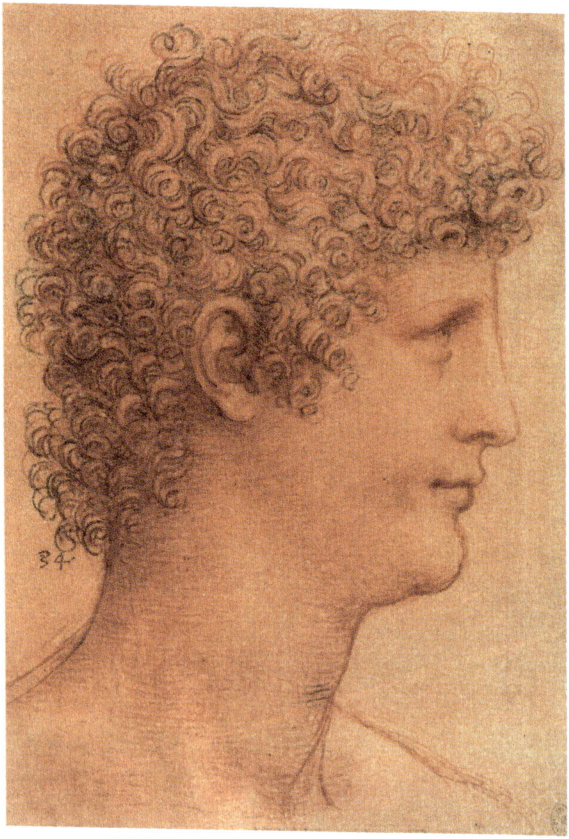

Leonardos Kreidezeichnung von Salai

Damals arbeitete Leonardo auch an dem Reiterstandbild von Ludovicos Vater. Damit sollte der erste der Sforza geehrt werden wie im alten Rom die Kaiser. Den Auftrag hatte Leonardo schon wenige Jahre nach seiner Ankunft in Mailand erhalten. Allein das Pferd des Francesco Sforza sollte über sieben Meter groß werden. So etwas schuf man nicht von heute auf morgen. Und Leonardo erst recht nicht. Er mußte zuerst die Bewegungen von Pferden studieren und Pläne anfertigen. Dann untersuchte er die verschiedenen Arten der Erzgießerei und entwarf besondere Öfen, in denen die Bronze geschmolzen werden konnte. Schließlich machte er ein Modell des Denkmals aus Ton. Schon dieses wurde von jedermann bewundert, und Leonardo wurde über die Grenzen Italiens hinaus berühmt. Aber als er das Standbild nach zehn Jahren Arbeit endlich gießen wollte, fehlte die Bronze. Ludovico hatte alles, was mühsam zusammengetragen worden war, dem Herzog von Ferrara überlassen. Der goß daraus Kanonen. Das Reiterdenkmal wurde niemals fertiggestellt.

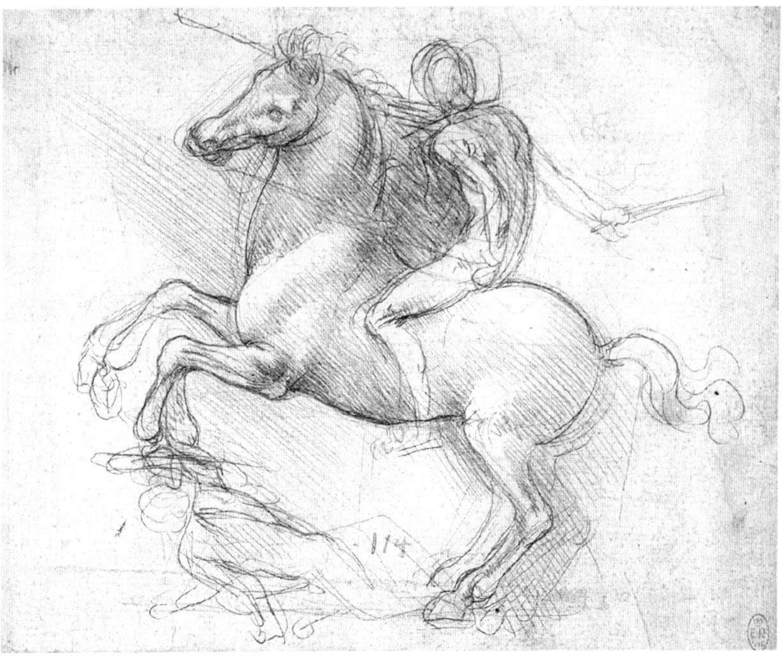

Einer von Leonardos Entwürfen für das Reiterstandbild

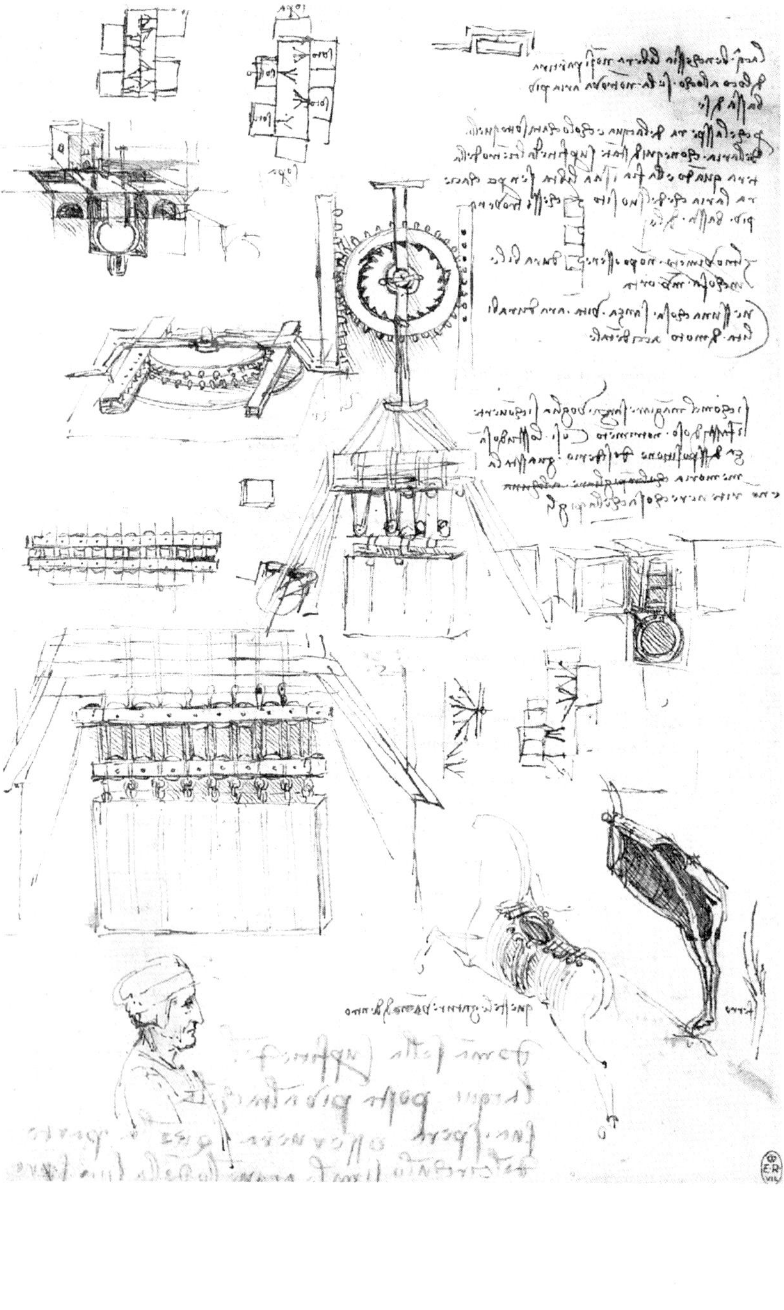

In Mailand malte Leonardo zwei seiner berühmtesten Bilder. Die «Felsgrottenmadonna» und das «Abendmahl».

Die Felsgrottenmadonna

Berganemonen und Farnkraut wachsen am Eingang der Grotte, wo das Jesuskind den kleinen Johannes

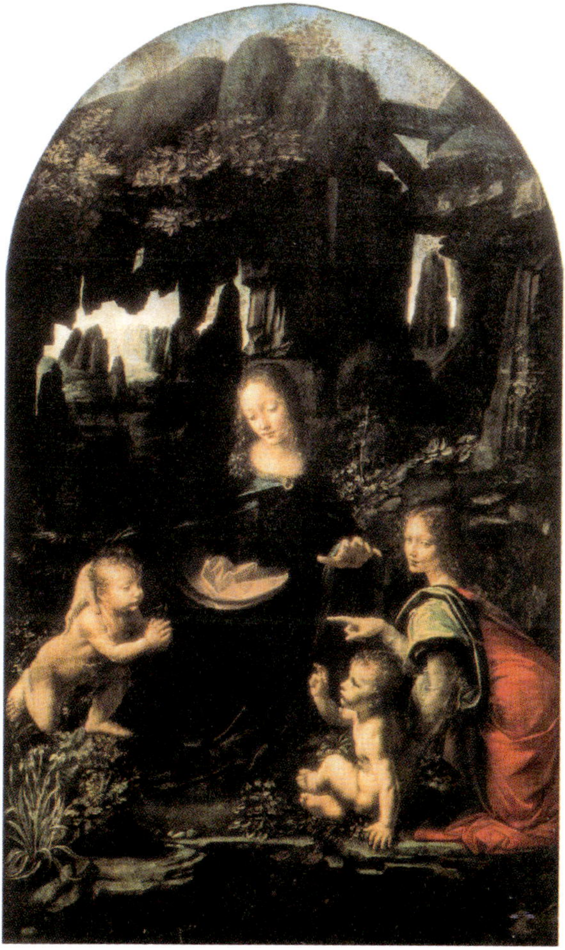

links:
Wie man ein Denkmal macht
rechts:
Leonardos Felsgrottenmadonna

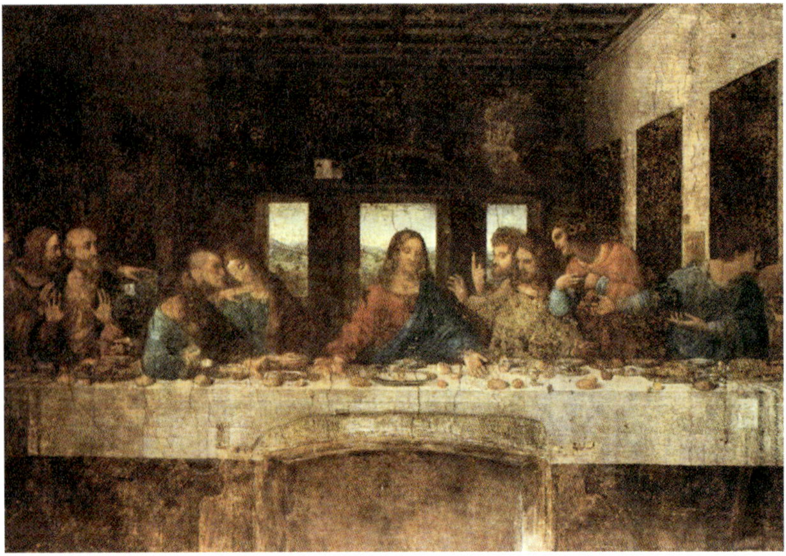

Das Abendmahl von Leonardo

segnet. Maria hat Johannes zu ihrem Sohn geführt, und der Engel neben dem kleinen Jesus weist auf den Heiligen. Von hinten zieht Nebel in die Grotte. Schon liegt der Nebelschleier vor einigen der Felsen weit in der Ferne, andere heben sich noch dunkel von ihm ab. Vorn über der Madonna und den Kindern ragen die Basaltfelsen wie das hohe Gewölbe einer Kirche. Die Landschaft ist unbewohnt. So als hätte niemand sie jemals zuvor betreten, als könne keine menschliche Hand sie jemals verändern. Die Landschaft ist seltsam und wunderbar. Wie es wohl wäre, wenn man sich an den Figuren im Vordergrund vorbeistehlen könnte. Um sich vorsichtig zu den Felsen vorzutasten. Dann würde man die zahllose Menge merkwürdiger Formen sehen, welche die kunstvolle Natur hervorbringt. Vielleicht sah einer der Felsen aus wie

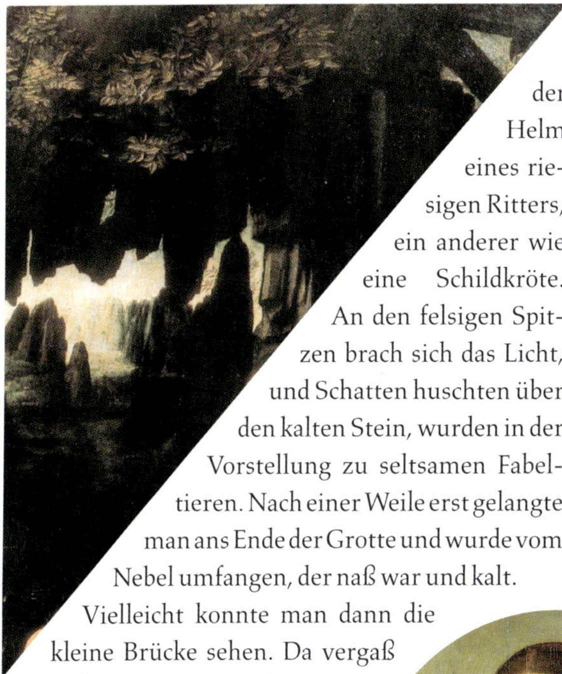

der Helm eines riesigen Ritters, ein anderer wie eine Schildkröte. An den felsigen Spitzen brach sich das Licht, und Schatten huschten über den kalten Stein, wurden in der Vorstellung zu seltsamen Fabeltieren. Nach einer Weile erst gelangte man ans Ende der Grotte und wurde vom Nebel umfangen, der naß war und kalt.

Vielleicht konnte man dann die kleine Brücke sehen. Da vergaß man die Grotte schnell. Vor einem öffnete sich jetzt eine Landschaft, die viel weiter war als die Grotte. Genauso wild und ebenso wunderbar. Die gleichen Felsen standen am Horizont, nur waren sie viel größer. Zwischen ihnen wanden sich unzählige Wasseradern. Diese waren wie Adern, die sich über den menschlichen Körper verzweigen. Und die Felsen erschienen wie Stützen des Erdreichs. So, wie der Mensch als stützendes Gerüst die Knochen hat. Ist doch der Mensch eine Welt im Kleinen.

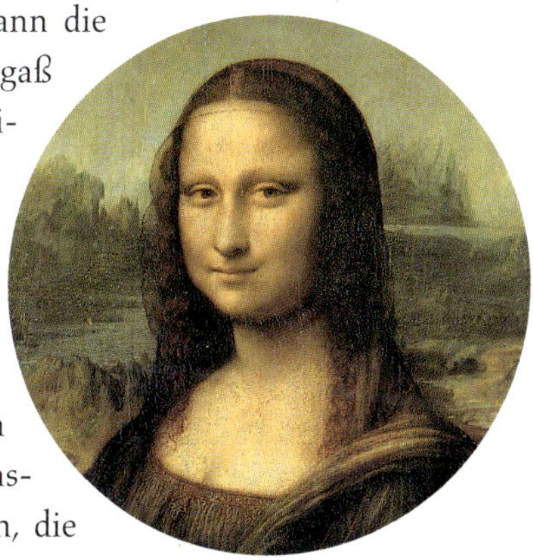

Dieser Name [« Welt im Kleinen »] ist freilich sehr passend, denn, da der Mensch aus Erde, Wasser, Luft und Feuer besteht, ist er dem Körper der Erde ähnlich ... Wie der Mensch den See des Blutes in sich hat, wo die Lungen durch das Atmen anwachsen und abnehmen, so hat der Körper der Erde seinen Ozean mit den Gezeiten, der eben zum Atmen der Welt alle sechs Stunden anwächst oder abnimmt ...
Dem Körper der Erde fehlen die Sehnen, die nicht da sind, weil sie der Bewegung dienen; da aber die Welt stets in gleichbleibender Ruhe ist, geschieht keine Bewegung, und da keine Bewegung geschieht, sind keine Sehnen nötig. Aber in allen anderen Dingen sind sie sehr ähnlich.

So sind Leonardos Worte. Für ihn war der Mensch wie eine Landschaft, und die Landschaft wie ein Mensch. Beides gehörte zusammen. Das Mittel, dieses zu zeigen, war das « Sfumato ». Auch im Bildnis der « Mona Lisa » verschmilzt die Gemalte mit der Landschaft. Mensch und Landschaft sind nicht voneinander getrennt. Gemeinsam sind sie Teil eines Ganzen. Deshalb mußte er als Maler versuchen, die ganze Welt zu begreifen: Das Vorbild des Malers war die Natur. Die Malerei sollte die Natur und alles Sichtbare auf der Welt in allen Einzelheiten widerspiegeln.
Hier ist der erste Grund für Leonardos vieltausendfache Studien. Um einen Vogel malen zu können, wollte er zuerst herausfinden, weshalb ein Vogel überhaupt fliegen kann. Um Schatten malen zu können, mußte er wissen, wie Schatten entsteht. Er er-

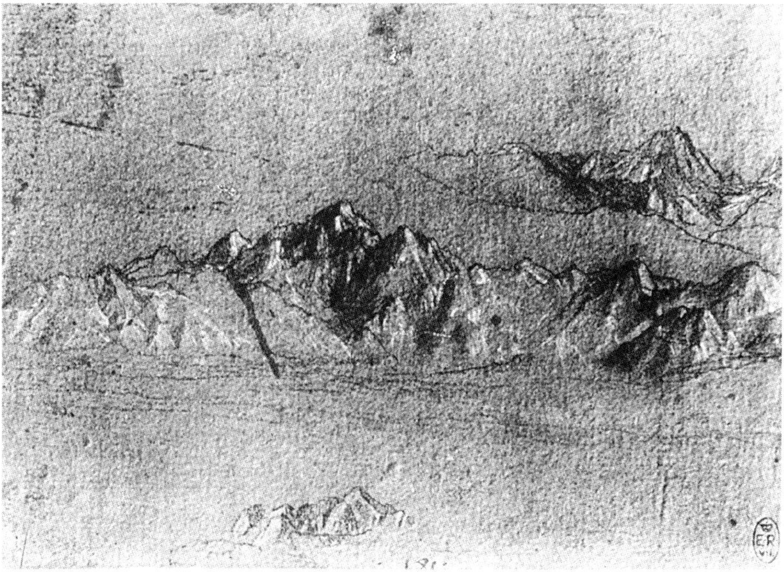

forschte die hellen Stellen zwischen den Schatten und die Beschaffenheit des Lichtes.

Berge, Luft und Licht: eine Studie Leonardos

Bevor er, wie in der «Mona Lisa», Dunst oder Nebel malte, studierte er die Verdampfung von Wasser. Er wollte nichts malen, das er nicht in allen Einzelheiten begriffen hatte.

7
Der Universalmensch

Anatomiestunde

Eines Tages im Jahr 1489 brachte Leonardo jemand einen Kopf. Der war eingewickelt in festes Tuch oder lag vielleicht in einer kleinen Kiste und war schwer wie ein Stein. Leonardo hatte lange darauf gewartet. Der Kopf hatte vielleicht zu einem alten Säufer gehört, der in irgendeiner Wirtschaft in ein Weinfaß gerutscht war. Dann war er rot und aufgequollen und die Nase war wie ein fauler Apfel. Oder es war der Kopf eines enthaupteten Mörders. Jetzt aber gehörte er Leonardo.

Schon während seiner Lehrzeit bei Verrocchio mußte Leonardo gründlich Anatomie studieren. Er las wissenschaftliche Bücher, in denen der Körperbau des Menschen beschrieben wurde. Manchmal besuchte er zusammen mit Verrocchio und anderen Schülern eine private anatomische Vorlesung, in der eine Leiche geöffnet wurde. Anatomiestunden gab es damals auch an den meisten italienischen Universitäten. Allerdings nur im Winter.

In diesen Vorlesungen bekam mancher zum erstenmal in seinem Leben zum Beispiel eine Kniescheibe zu Gesicht. Oder einen Blinddarm oder ein Herz. Heute weiß wahrscheinlich jeder, wie ein Herz aussieht, damals aber löste der Anblick bei vielen größte Verwunderung aus. In den wenigen anatomischen Lehrbüchern gab es nämlich fast nur Beschreibungen, kaum Abbildungen einzelner Organe.

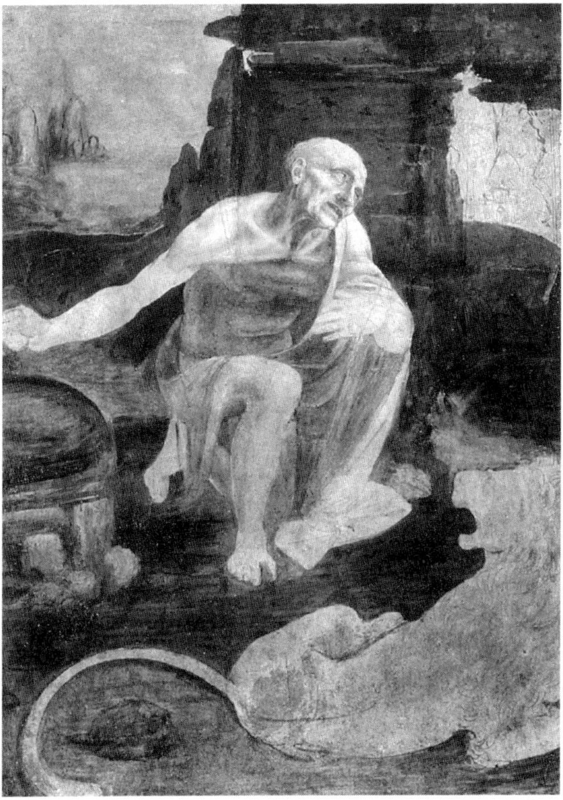

Der knochige, sehnige heilige Hieronymus

Bildhauer und Maler wie Verrocchio und Leonardo waren vor allem an Untersuchungen des Knochenbaus, der Muskeln und Sehnen interessiert. Schließlich war der Mensch das Hauptthema ihrer Kunst, und jede ihrer Darstellungen sollte so natürlich wie möglich wirken. Darum wollten sie wissen, wie die Muskeln eines Armes verlaufen oder wo sich am Hals die Sehnen ziehen. Oder wie zum Beispiel die Knöchel der Finger beschaffen sind. Wenn sie dann für eine Skulptur die Arme in Bronze gossen oder auf einem Gemälde den Hals einer Figur malten oder deren Hände, wußten sie genau, an welchen Stellen sich die Haut straffen oder wölben würde und an welchen nicht. Für eine Gallenblase oder die Leber interessierten sich die Künstler dagegen nicht. Schließlich konnte man keinem Menschen äußerlich ansehen, daß er so etwas überhaupt besaß.

SPIEGEL-SCHRIFTEN

Als Leonardo nun aber in den Besitz dieses Kopfes kam, wollte er mehr als nur die Gesichtsmuskulatur studieren. Am 2. April 1489 begann er seine wissenschaftliche Abhandlung über die Anatomie. Er wollte mit dem Kopf beginnen und unter Berücksichtigung der verschiedenen Lebensalter nach und nach den Aufbau des gesamten menschlichen Körpers zeichnen und beschreiben. Er untersuchte das Gehirn und maß den Schädel aus. Dabei stellte er unter anderem fest, daß die Augenhöhle genauso tief ist wie die Nasenhöhle und einem Drittel der Länge des Gesichts entspricht. Derartige Erkenntnisse gingen weit über das Wissen hinaus, das er als Maler eigentlich brauchte. Aber er war von Neugier getrieben und hatte den Drang, allem auf den Grund zu gehen. So wurde Leonardo zum Wissenschaftler. Er erforschte das Adersystem und den Verlauf der Nervenbahnen, untersuchte das Auge und die Lage eines ungeborenen Kindes im Bauch der Mutter. Er fragte sich, wieso ein Organ lebt und weshalb es stirbt. Er verglich die Beine von Menschen mit de-

Seite 85–87: Anatomische Studien: Schädel, Skelett, Kehlkopf und Bein

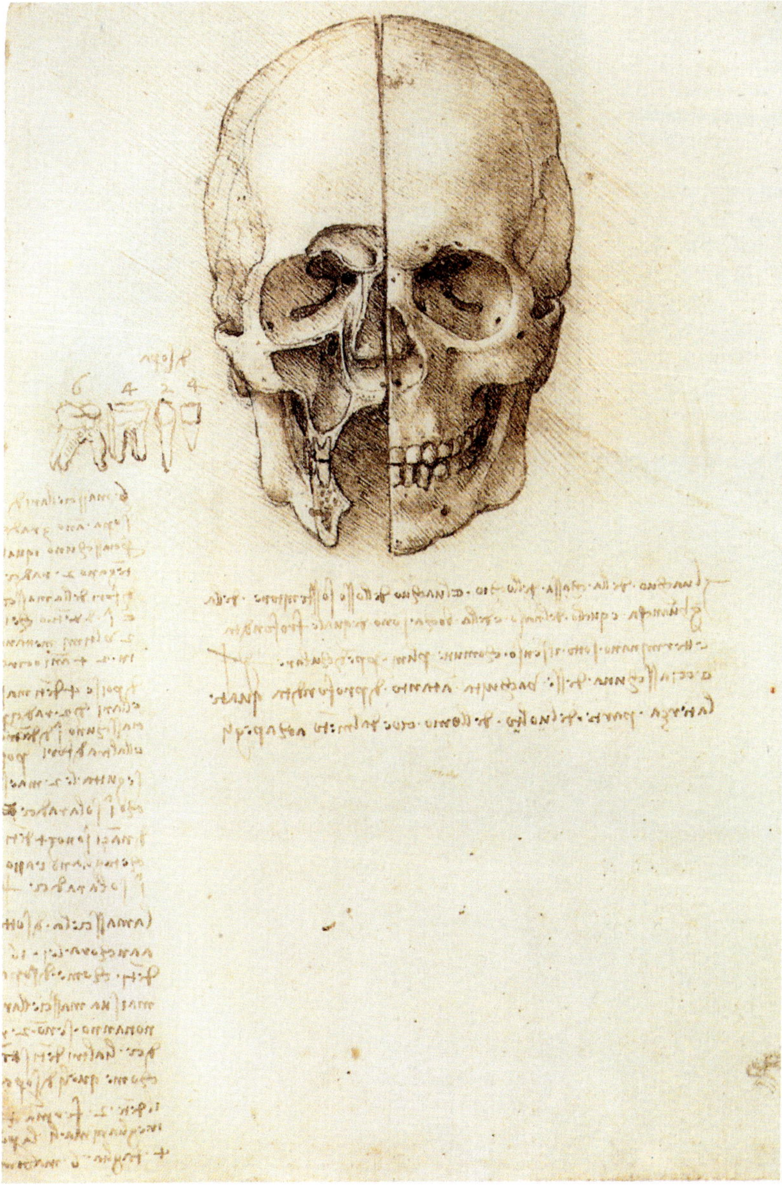

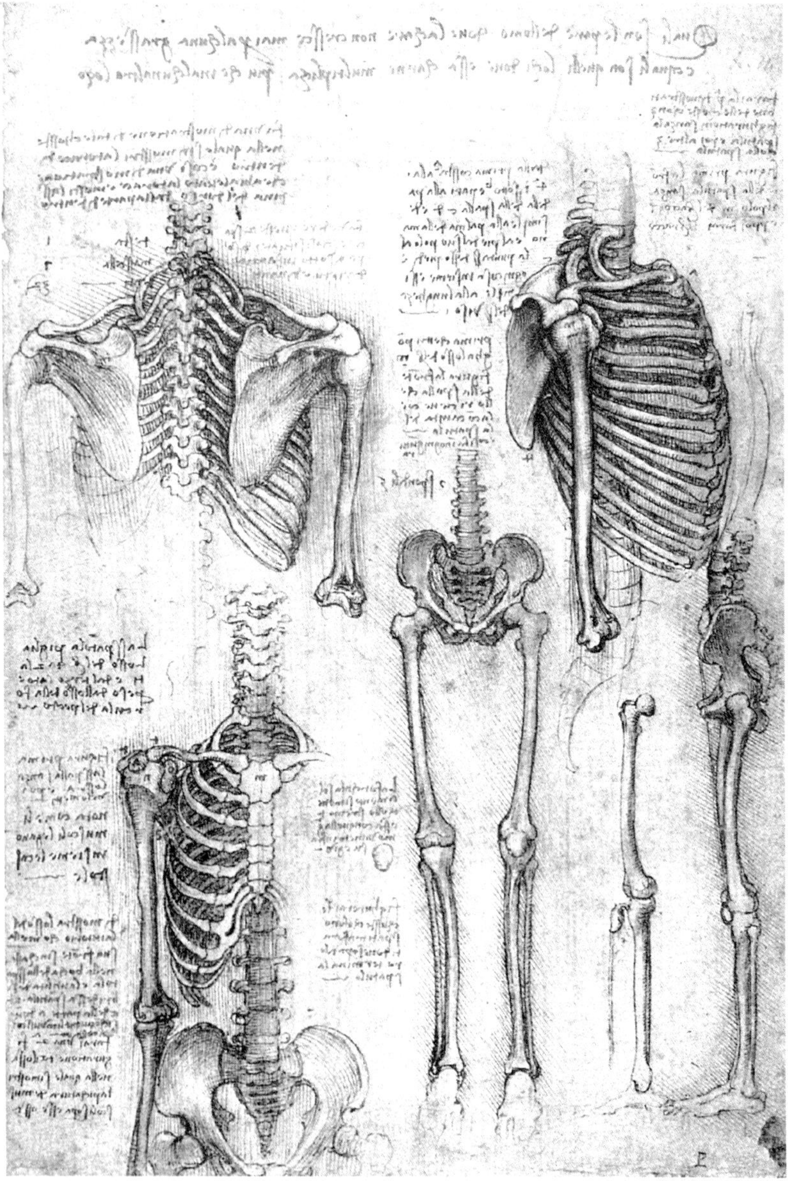

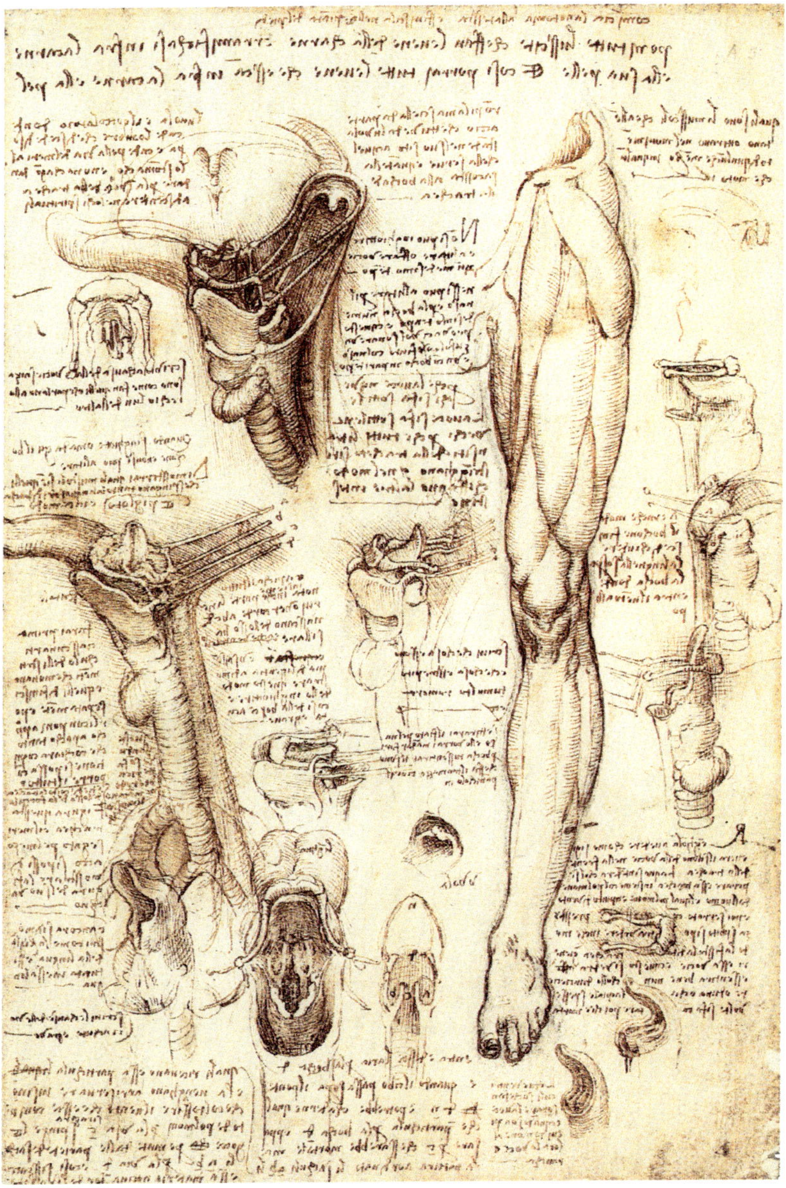

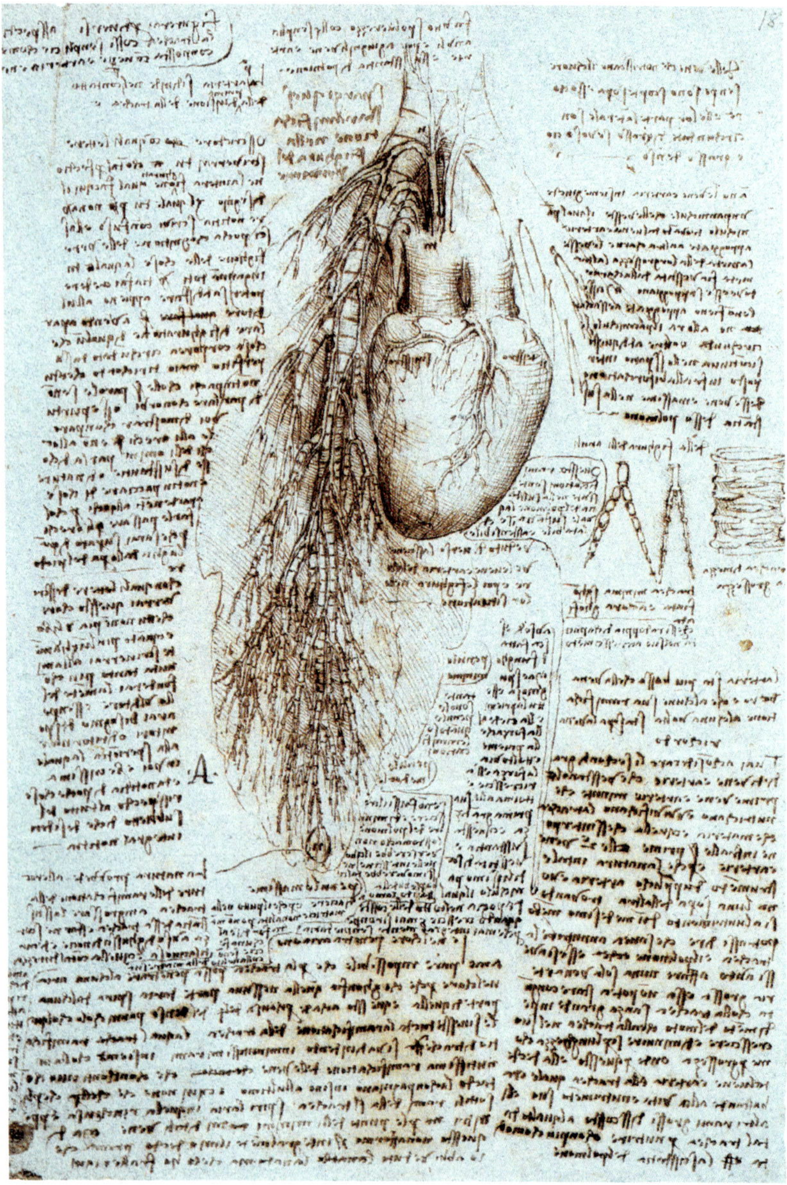

nen von Pferden und menschliche Arme mit Armen von Affen. Im Laufe von sechsundzwanzig Jahren öffnete Leonardo dreißig Menschenleichen. Bis ihm im Jahr 1515 der Zutritt zur Totenkammer vom Papst verboten wurde. Danach untersuchte er nur noch Tierkörper. Seine Beobachtungen hielt er in ausführlichen Zeichnungen fest. Mehr als siebenhundert davon sind bis heute erhalten. Neben die Zeichnungen schrieb er Erklärungen oder Ideen für weitere Forschungen. Aber das war nur Beiwerk. Denn der Maler macht unzählige Dinge, die durch Worte nicht auszudrücken sind, da die geeigneten Wörter fehlen. Er schrieb von rechts nach links in Spiegelschrift. Leonardo war nämlich Linkshänder, und die Spiegelschrift fiel ihm darum von Natur aus leicht.

links: Herz und Lungen eines Ochsen

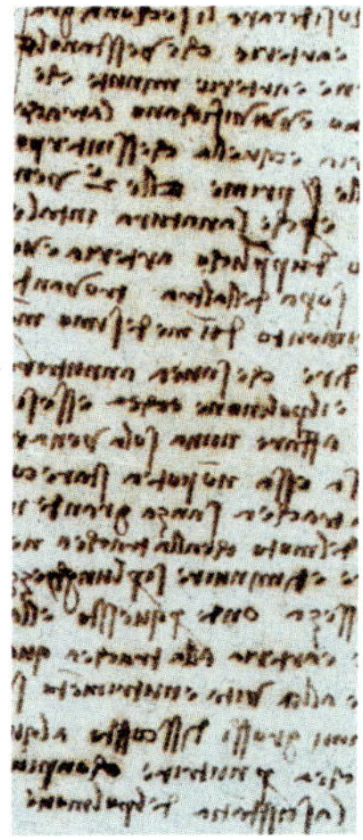

HAMMELDARM

Nun soll aber niemand glauben, daß Leonardo sich nur mit der Anatomie auf so gründliche Weise beschäftigte: Wenn er Besuch bekam, nahm er manchmal den gereinigten Darm eines Hammels. Den bließ er mit Blasebälgen so weit auf, bis er groß wurde und dünn und durchsichtig und schließlich den ganzen Raum ausfüllte und den Besucher an die Wand drückte. Diese riesige Ausdehnung verglich Leonardo mit der Tüchtigkeit und dem menschlichen Genie. Denn das Genie würde sich auf ganz ähnliche Weise verbreiten. Er führte Notizbücher über Architektur und schrieb Manuskripte über die Gesetze der Mechanik. Als er Mailand nach der Er-

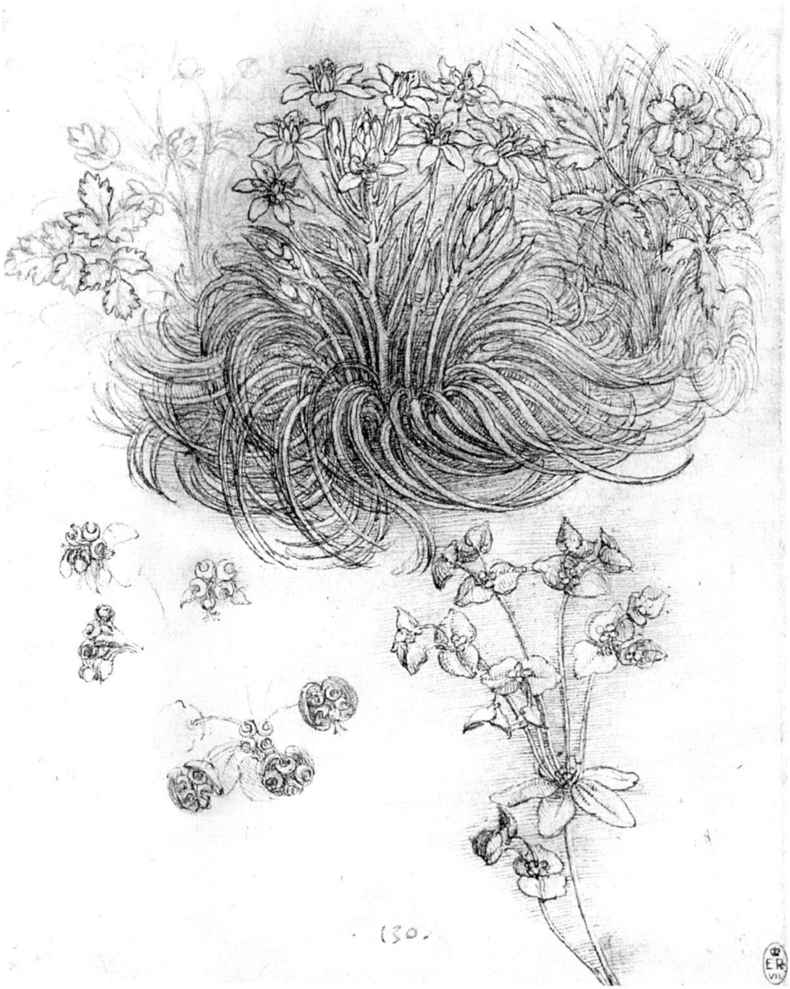

Vogelmilch, Anemone, Krähenfuß

oberung durch die Franzosen im Winter 1499 verließ, ging er für kurze Zeit nach Mantua, dann nach Venedig und später zurück nach Florenz. Er begann die Abhandlung über den Vogelflug und machte

Zeichnungen und Wachsabdrücke von Blumen und Gräsern. Das war der Anfang seiner Pflanzenkunde. Er beschrieb die Strömungen der Luft und die des Wassers und wußte als einer der ersten, daß Wasser auf dem Grund eines Flusses langsamer fließt als an der Oberfläche. Als er 1502 für einige Monate in die Dienste des Fürsten Cesare Borgia trat, machte er für ihn Landkarten aus der Vogelperspektive, verbesserte Befestigungsanlagen und entwarf Pläne zur Trokkenlegung von Sümpfen.

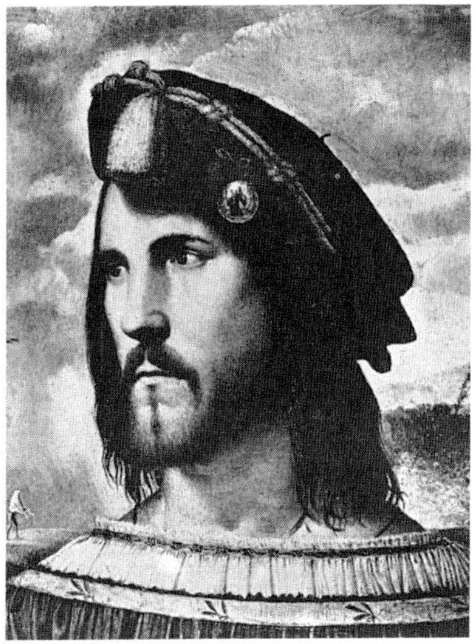

Giorgione:
Cesare Borgia

Cesare hatte seinen eigenen Bruder umgebracht und auch seinen Schwager und wollte in Italien ein eigenes Königreich errichten. Er war ein mutiger Feldherr, aber gewissenlos und brutal. Einmal erteilte er einem seiner Minister den Befehl, in erobertem Gebiet ein Blutbad anzurichten. Als dieser den Befehl ausgeführt hatte, ließ Cesare ihn dafür in zwei Stücke schlagen. Er gab dem Minister die Schuld am Tod der Menschen und feierte sich selbst als deren Rächer.

Leonardo folgte ihm nach Urbino, wo Cesare den Herzogspalast plünderte, und drei Monate später waren beide in Imola. Dort traf Leonardo Maßnahmen zur Verteidigung der Stadt, zeichnete für den Fürsten einen Stadtplan und entwickelte nebenbei ein neues Instrument zur Herstellung von Landkarten. Er war also Kartograph, und später war er einer

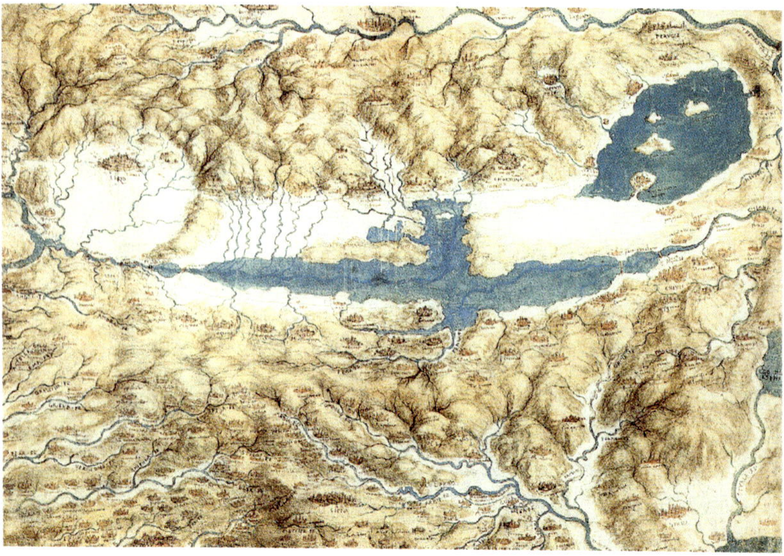

Leonardos Karte vom Chiana-Tal

der ersten Bergsteiger: Den Monte Rosa bestieg er bis über die Schneegrenze, und die lag bei fast dreitausend Metern. Dort untersuchte er den Gletscher. Er verfaßte Abhandlungen über die Stimme, das Pferd, über den Verfall der Gebäude, die Sterne und die Optik, die Verwandlung eines Körpers in einen anderen (ohne Ab- oder Zunahme der Materie) und über die Bewegungsabläufe geschleuderter oder geschossener Körper. Außerdem brachte er sich selbst Latein bei. An den Rand einer Seite mit mathematischen Überlegungen notierte er: bewegt sich nicht Die Sonne. Das sollte heißen, daß sich die Sonne nicht um die Erde dreht. Für diese Erkenntnis kam mehr als hundert Jahre später Galilei noch vor das Inquisitionsgericht. Leonardo war außerdem ein glänzender Fechter und Athlet.

Am Totenbett

Eigentlich wollte Leonardo seine Manuskripte und Notizbücher eines Tages veröffentlichen. Aber dazu kam es nicht. Einmal, weil er niemals Zeit hatte, die bald vielen tausend Blätter zu ordnen und in einzelnen Büchern herauszugeben. Vor allem jedoch, weil er unablässig weiterforschte und ständig neue Manuskripte verfaßte. So, wie er einige seiner Gemälde nicht beendete, weil er sie vervollkommnen wollte, sah er sich niemals am Ende seiner wissenschaftlichen Forschung angelangt.

Auch als er ab 1503 in Florenz an der «Mona Lisa» malte, widmete er sich verstärkt der Anatomie. Der Schädel, den er vierzehn Jahre vorher Millimeter für Millimeter untersucht hatte, lag da wahrscheinlich längst unter irgendeinem Acker. Jetzt besuchte er im

Handschriften mit Schwimmbagger

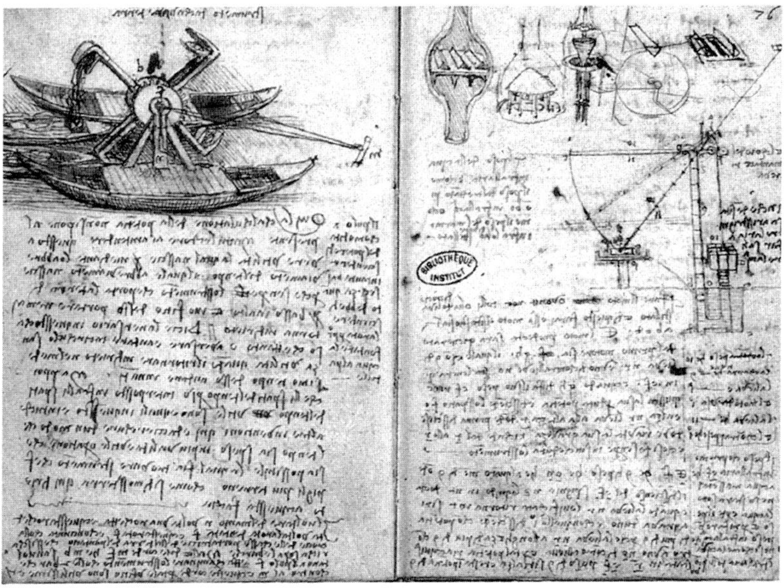

rechts: Leonardos Mensch des Vitruv: der Mensch als Maß aller Dinge

Hospital von Santa Maria Nuova einen alten Mann, der schon sehr schwach war und nicht mehr lange zu leben hatte. Wer weiß, vielleicht erzählte ihm Leonardo sogar von seiner Arbeit am Bildnis der Lisa del Giocondo. Oder von seinen Plänen für das große Wandgemälde der Schlacht von Anghiari. Die hatte vor mehr als sechzig Jahren stattgefunden. Vielleicht konnte sich der alte Mann ja noch daran erinnern. Leonardo saß still an seinem Bett, hörte ihm zu und zeichnete die knochigen Hände und das kleine, müde Gesicht, das zufrieden schien und ganz ohne Furcht.

Und dieser Alte sagte mir wenige Stunden vor seinem Tode, daß er über hundert Jahre alt sei und keinerlei Gebrechen spüre außer einer Schwäche; und so auf seinem Bett sitzend im Hospital von Santa Maria Nuova zu Florenz, ging er ohne weitere Bewegung oder Anzeichen irgendeines Geschehens aus diesem Leben. Ich habe ihn seziert, um die Ursache für einen so sanften Tod zu sehen.

Das letzte Geheimnis

Es hat wohl niemanden gegeben, der damals mehr über den Menschen wußte als Leonardo. Er kannte jeden Zentimeter Knochen und jede Faser Fleisch. Und schon bald hatte er es sich zur Aufgabe gemacht, über den Körper hinaus auch das letzte Geheimnis des Lebens zu ergründen: die menschliche Seele. Die allerdings konnte er weder messen noch wiegen, und zum Schluß überließ er ihre Erklärung der Kirche. Das Experiment war für Leonardo zwar

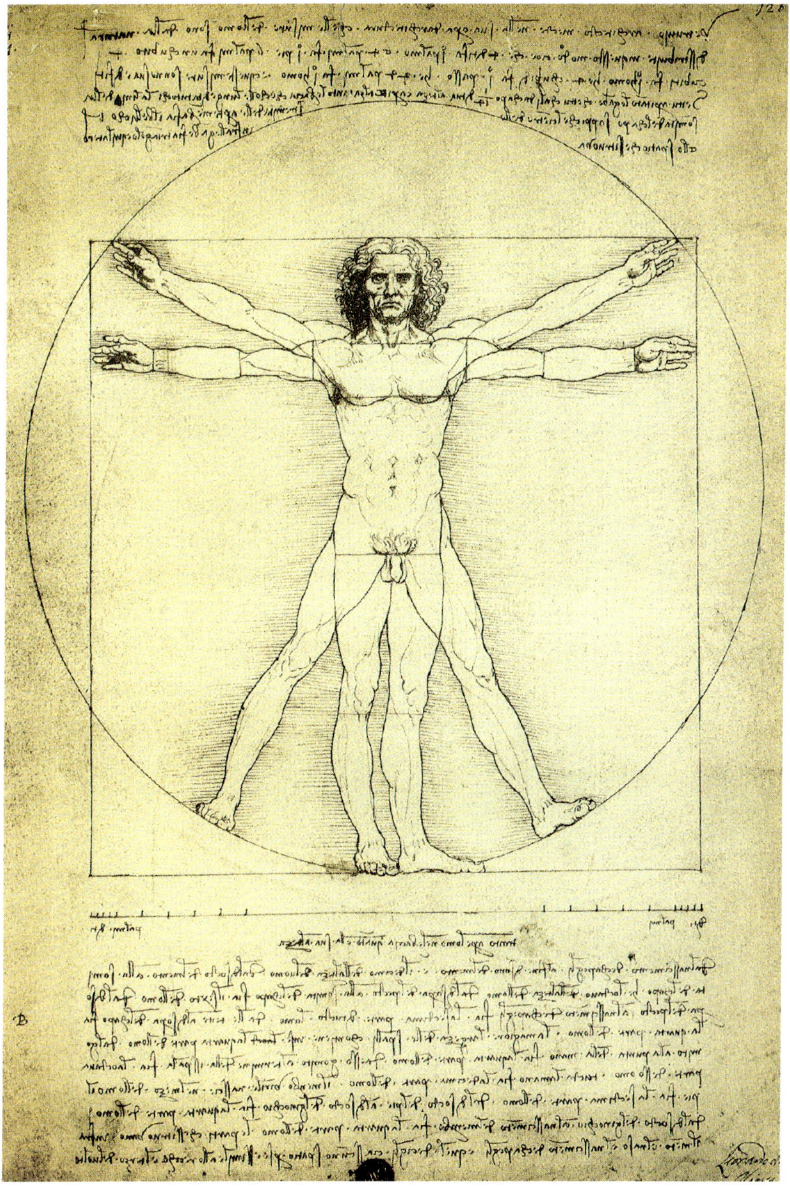

Mutter der Weisheit, aber am Ende mußte er sich eingestehen, daß er nicht alle Geheimnisse aufdecken würde. Als Wissenschaftler konnte er nur den Körper des Menschen erforschen, die Schönheit jedes einzelnen Knochens bestaunen, die Tätigkeit jedes Organs und den Menschen ein wunderbares Kunstwerk nennen. Aber über das Wunder des Lebens an sich erzählten ihm die zergliederten und grausig anzusehenden Toten nichts mehr. Seele war nur in den Lebenden.

Und natürlich wußte Leonardo das auch längst, als er die «Mona Lisa» malte. Er war über fünfzig Jahre alt und bald ein alter Mann. Sein Vater starb im Sommer 1504, und seine Mutter hatte er lange schon aus den Augen verloren. Wahrscheinlich war auch sie längst tot. Er hatte viel gesehen: In Mailand waren Tausende an der Pest gestorben, und Cesare Borgia hatte halb Italien in Schrecken versetzt und viel Blut vergossen. Leonardo war zwar ein berühmter Maler, aber viele seiner großartigen Ideen wurden von Zeitgenossen nur belächelt, viele seiner genialen Erfindungen wurden nie gebaut. Zehn Jahre lang hatte er für Ludovico Sforza an dem großen Reiterdenkmal gearbeitet. Und dann gab der Herzog die Bronze für Kanonen weg! Am Ende war sein herrliches Tonmodell des Pferdes nur noch Zielscheibe für die einfallenden Franzosen. Mit dem ersten Regen begann es, sich aufzulösen.

In Lisa del Giocondo aber lag nichts von Zerstörung und Enttäuschung. Sie war von großer Schönheit, und glücklicher Anlaß des Bildes war die Geburt ihres Kindes und die Gründung eines neuen Hausstan-

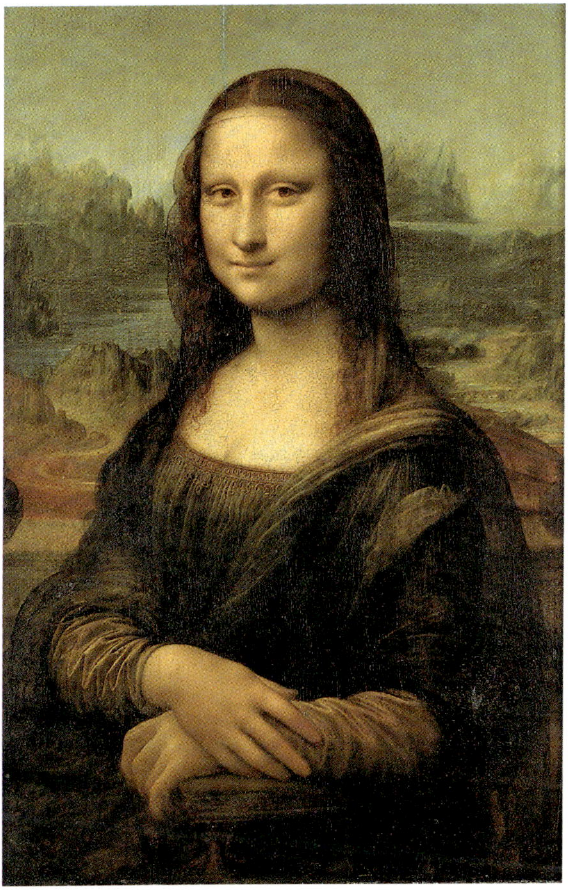

des. Wenn Leonardo die Seele des Menschen mit seinen anatomischen Forschungen auch nicht erschließen konnte: in Lisas Schönheit und in ihrer großen Anmut war sie allgegenwärtig. In Lisas Wesen offenbarte sich für Leonardo das Wunder des Lebens. Das letzte Geheimnis, zu dem kein Forscher Formeln und Rezepte wußte.

Und das war es, was Leonardo malen wollte. Ein guter Maler hatte in Leonardos Augen zwei Hauptsachen zu malen: den Menschen und das Trachten seiner Seele. Darum malte Leonardo keine Bildnisse im Profil: weil sich der Gefühlsausdruck der Seele am besten in den Gesichtszügen zeigt. An den Augen und am Mund. Kein Maler hatte den Menschen jemals genauer erforscht als Leonardo, und niemand konnte daher die Vielzahl menschlicher Gefühle in einem Bild besser zum Ausdruck bringen. Freude zum Beispiel, Schmerz oder Liebe. Darum malte er Lisa del Giocondo ohne Schmuck: Perlen und goldene Ketten hätten die Aufmerksamkeit auf sich gezogen und von Lisas Wesen abgelenkt. Von ihrer Schönheit. Von der Schönheit ihrer Seele. Und von ihrem Lächeln.

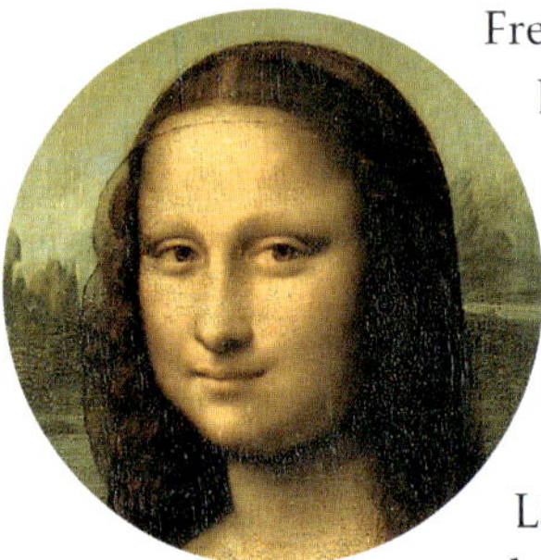

Und das Lächeln der «Mona Lisa» ist kein Lächeln, das auf einen Scherz antwortet, oder das einer flüchtigen Begrüßung. Zwar hat Leonardo diesen Ausdruck von den Figuren seines Lehrers Verrocchio übernommen. Und Musik spielen lassen, um Lisa während der Arbeit bei Laune zu halten. Aber in seinem Gemälde hat er dem Lächeln eine neue Bedeutung gegeben. Es ist Ausdruck dieses unergründlichen Geheimnisses: all dessen, was der Mensch nur bestaunen kann. Wofür es keine Erklärung gibt. Es ist nicht mehr allein Lisa del Giocondos Lächeln, sondern es liegt auf den Zügen der ganzen Welt, mit der Lisa auf Leonardos Gemälde verschmolzen ist.

8
Die Eroberung der Welt

Göttliche Wesen

In der Renaissance kam das Schießpulver in Gebrauch, und um 1445 wurde von Johannes Gutenberg der Buchdruck mit beweglichen Lettern erfunden. Welches davon das folgenreichste Ereignis war, ist schwer zu sagen. Der Buchdruck jedenfalls trug zur Verbreitung des Wissens bei, das im Mittelalter noch von den Klöstern gehortet wurde. Bald gab es Buchdruckerwerkstätten in Straßburg und Köln, in Paris und in Utrecht. 1471 schließlich auch in Mailand, Florenz und Neapel. Jetzt wurde nicht nur die Bibel zugänglich oder überliefertes Wissen, wie etwa die Werke der antiken Dichter und Philosophen. Bald erschienen auch neue Lehrbücher der Magie, Grammatik, der Rechenkunst und die Werke zeitgenössischer Autoren. Im selben Jahr wurde auch die erste Sternwarte eingerichtet, und ab 1500 fuhr zwischen Wien und Brüssel die erste regelmäßige Post. 1510 baute Peter Henlein in Nürnberg die ersten Taschenuhren. Die Menschen waren neugierig und wißbegierig. Sie wollten mehr von der Welt erfahren, als die Menschen früherer Jahrhunderte. Immer mehr von ihnen verkörperten die Worte des Humanisten Pico della Mirandola:

Ich habe dich genau in die Mitte der Welt gesetzt [sagt Gott über den Menschen], so daß du von diesem Standort aus mit größerer Ungezwungenheit

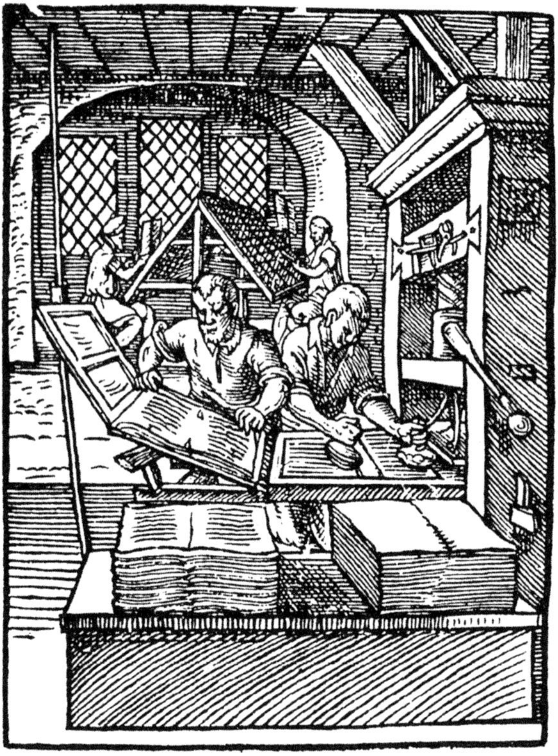

Holzschnitt von
Jost Amman:
eine Druckerei

rings um dich auf all das blicken kannst, was die Welt enthält. Wir haben dich zu einem Geschöpf weder des Himmels noch der Erde gemacht, weder sterblich noch unsterblich, damit du, als der freie und stolze Gestalter deines eigenen Seins, dich selbst in der Form bilden mögest, der du den Vorzug gibst. Es liegt in deiner Macht, zu den niedrigeren, tierischen Formen des Lebens hinabzusteigen; du bist durch deine eigene Entscheidung imstande, dich wieder zu den höheren Ordnungen zu erheben, deren Leben göttlich ist.

Die Renaissance war das Zeitalter der großen Entdeckungen. Wenige Jahre nachdem Leonardo 1489 in Mailand den menschlichen Schädel erforschte, entwarf Martin Behaim für die Stadtväter von Nürnberg den Erdglobus. Der portugiesische Infant Heinrich der Seefahrer hatte da längst die Westküste Afrikas erforscht, und 1488 war Bartolomëu Diaz als erster um das Kap der Guten Hoffnung gesegelt. Das war der Beweis für die Möglichkeit eines direkten Seewegs nach Indien. Der erste, der mit seinen Schiffen Indien erreichte, war Vasco da Gama. Auch ein Portugiese. 1498 tauschte er im Fürstentum Calicut Pfeffer und Zimt und eröffnete eine der wichtigsten europäischen Handelsverbindungen der nächsten Jahrhunderte.

Wie kommt man nach Indien?

Bild der Erde nach Martin Behaim

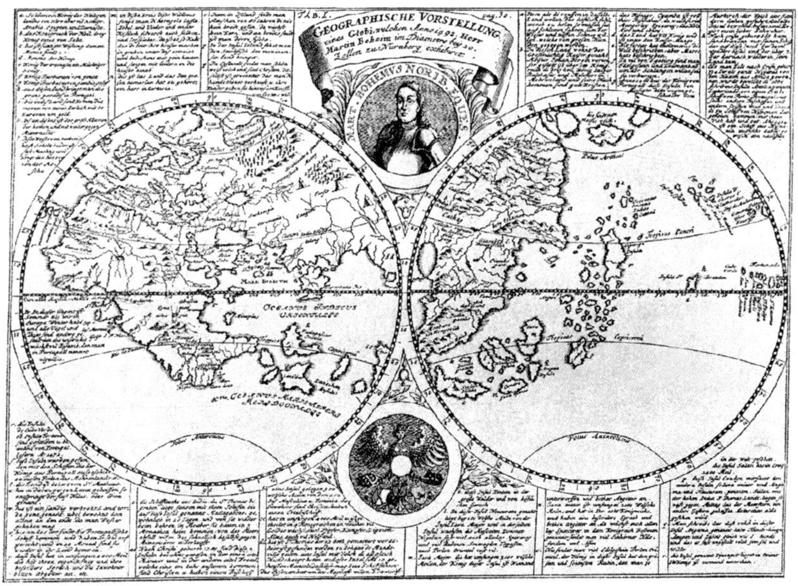

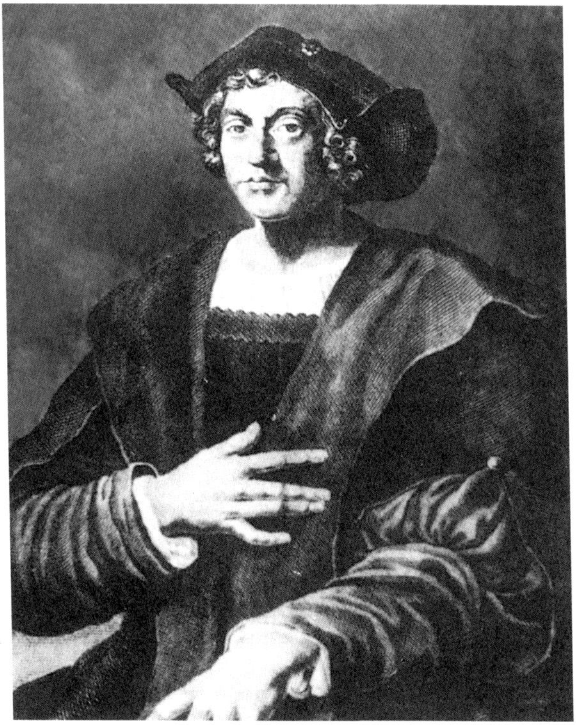

Zeitgenössisches Porträt: Christoph Kolumbus

Schon 1492 hatte Christoph Kolumbus Amerika entdeckt. Aber das war Zufall. Denn eigentlich wollte auch Kolumbus nach Asien. Indem er den Atlantik in westlicher Richtung überquerte, wie man es schon in der Antike für möglich gehalten hatte. Er stach also von Spanien aus mit drei Caravellen in See und erreichte nach zehnwöchiger Fahrt die Inseln San Salvador, Kuba und Haiti vor der amerikanischen Küste. Aber natürlich hatte er von Amerika noch nie etwas gehört. Und wie hätte er wissen können, daß sich plötzlich ein ganzer Kontinent in seinen Weg schieben würde. Deshalb glaubte Kolumbus, er habe sein Ziel erreicht und sei in China. Von dort war es nach Indien nur ein Katzensprung. Er segelte also zurück nach Spanien, um vom Erfolg seiner Reise zu berichten. Dort wurde er groß gefeiert, erhielt höchste Ehren und den Titel des Vizekönigs von Indien. Kolumbus fuhr noch drei weitere Male nach Amerika und entdeckte zum Beispiel Jamaika, Trinidad und Honduras. Aber jedesmal glaubte er noch beharrlicher, Asien erreicht zu haben. Und als er eines Tages eine Schar Flamingos durch die Dämmerung spazieren sah, hielt er sie für chinesische Mönche.

Kolumbus war nur ein halbes Jahr älter als Leonardo. Als er 1506 in Valladolid starb, beendete Leonardo in Florenz gerade seine Arbeit an der «Mona Lisa».

Das letzte Gemälde

Leonardo lebte noch dreizehn Jahre. Viele seiner wichtigsten Forschungen fallen in diese Zeit und einige seiner schönsten Zeichnungen. Aber nur noch zwei Gemälde. Ende Mai 1506 kehrte er nach Mailand zurück. Das gehörte jetzt zum Reich des französischen Königs Ludwig XII. Dort war Leonardo die Zierde des Hofes. Als Hofkünstler organisierte er wieder Festspiele, war wieder Militäringenieur und allgemeiner Berater. Aber der König und sein Befehlshaber ließen ihm auch Zeit für seine eigene Arbeit. Die folgenden Jahre zählen zu den glücklichsten seines Lebens.

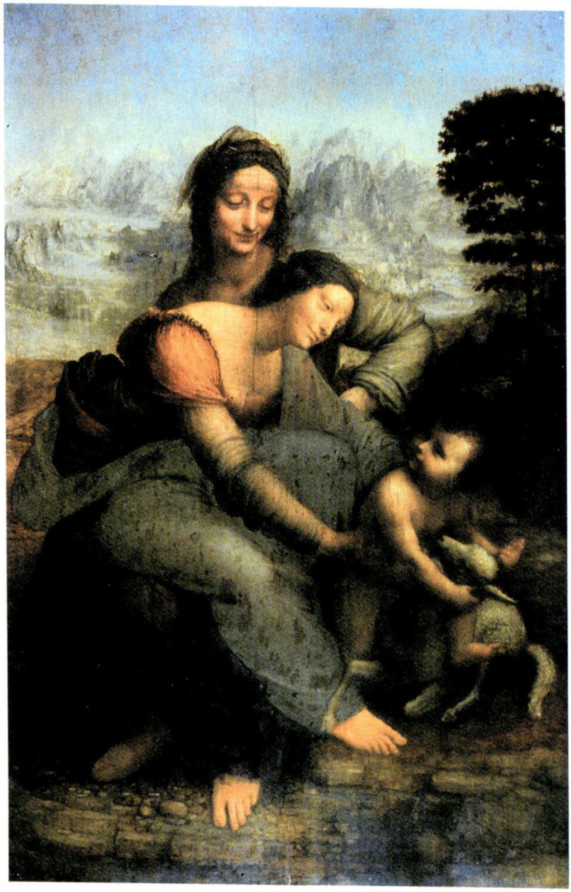

Heilige Anna
Selbdritt

Dann aber forderte Ludwig XII. den Papst heraus, und Julius II. schleuderte den Bannfluch gegen Frankreich.

Im Oktober 1511 schloß der Papst mit England, der Republik Venedig und Spanien den «Heiligen Bund» gegen Frankreich. Im Dezember standen die päpstlichen Söldner zum erstenmal vor den To-

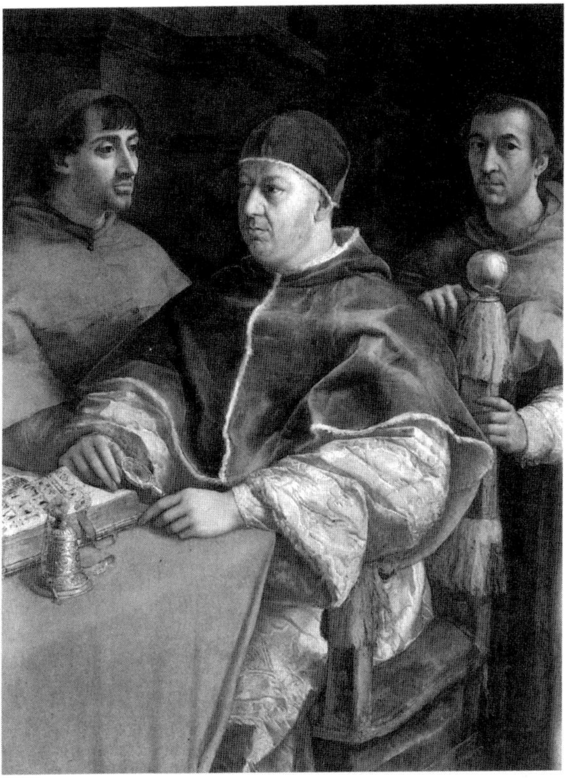

Raffaels Gemälde von Papst Leo X.

ren Mailands. Ein halbes Jahr später kam es bei Ravenna zur Schlacht. Achttausend Soldaten wurden getötet, die Franzosen errangen den Sieg. Aber die Eroberung Mailands war trotzdem nicht aufzuhalten. Im Juni 1512 zogen die päpstlichen Truppen mit ihren Verbündeten in Mailand ein. Als dann auch Kaiser Maximilian I. dem «Heiligen Bund» beitrat, zog sich Ludwig XII. aus dem umkämpften Italien zurück.

Wie viele andere Künstler, so ging jetzt auch Leo-

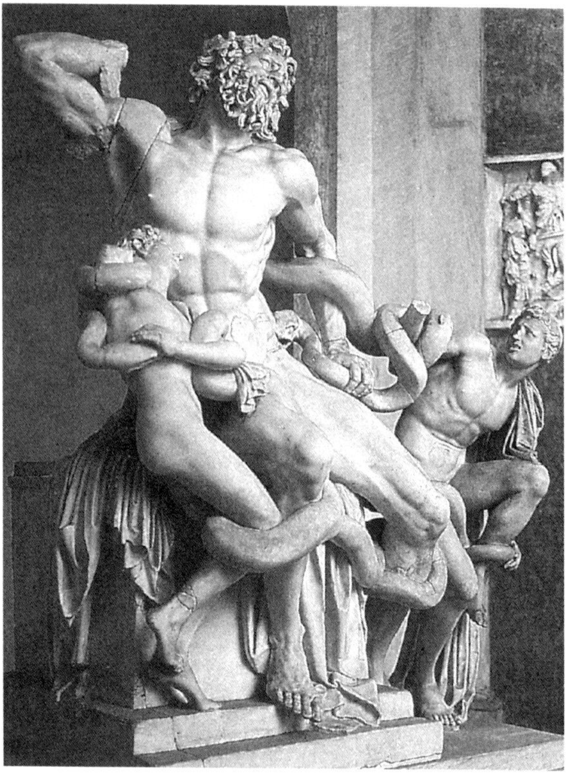

Die Laokoon-Gruppe aus griechischer Werkstatt, um 25 v. Chr.

nardo nach Rom. Salai und drei weitere Schüler begleiteten ihn. Julius II. war kurz nach dem Sieg über Frankreich gestorben. Der neue Papst hieß Leo X. und war einer der Söhne von Lorenzo de' Medici. Leo war kein geringerer Förderer der Künste als sein Vater, und er ließ Leonardo im Belvedere des Vatikan wohnen. In eigens für ihn hergerichteten Räumen. Gar nicht weit von der päpstlichen Skulpturensammlung mit dem berühmten Apoll und der Figur des kämpfenden Priesters Laokoon, die von den be-

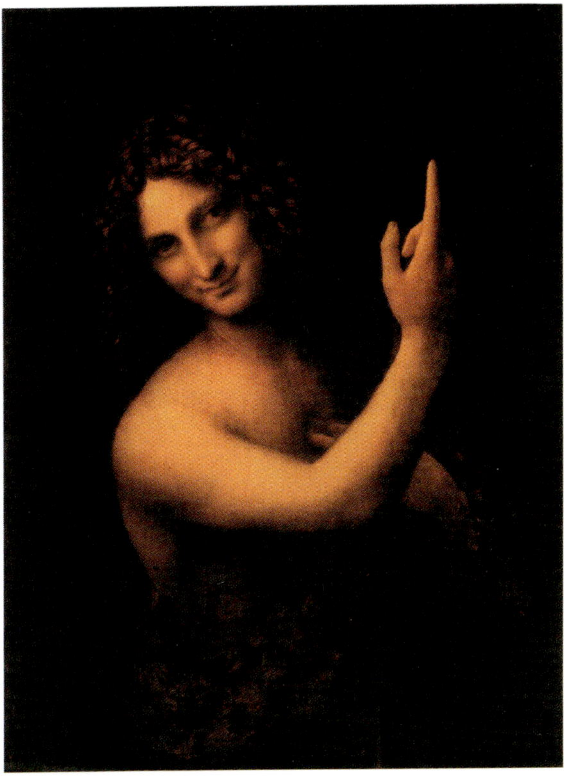

Leonardos letztes Gemälde: Johannes der Täufer

sten Künstlern Italiens sorgfältig studiert wurden. Leonardo bezog sein Gehalt von Giuliano de' Medici, dem jüngeren Bruder des Papstes, der ebenfalls im Vatikan wohnte. Für ihn zeichnete er Pläne zur Trockenlegung der Pontinischen Sümpfe, erfand eine Maschine zum Prägen von Münzen. In Rom machte er seine letzten anatomischen Untersuchungen am Menschen. Hier malte er auch sein letztes Gemälde, «Johannes den Täufer».
Leonardo war jetzt über sechzig Jahre alt. Sein Ge-

rechts:
Michelangelos
Jüngstes Gericht

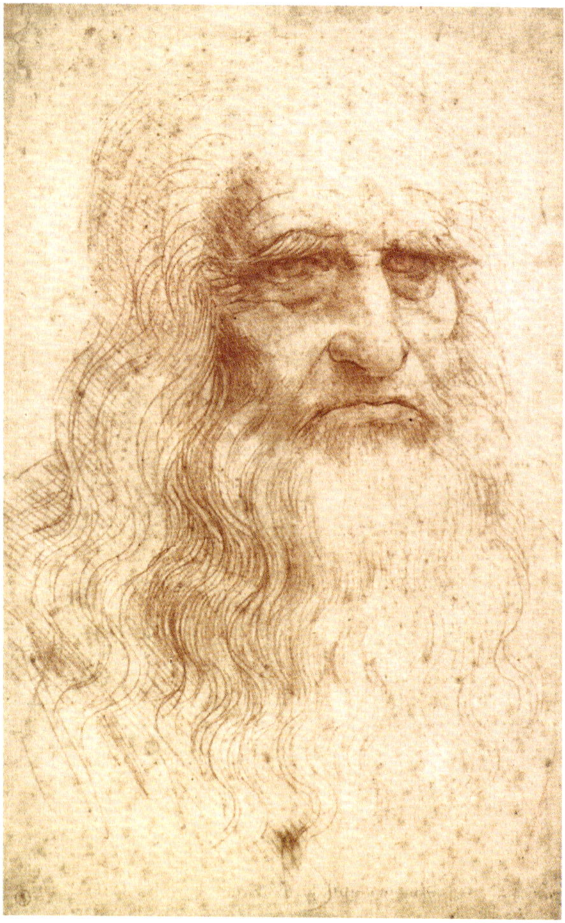

Selbstbildnis,
um 1513

sicht war von tiefen Falten durchzogen, hin und wieder verließ ihn die Gesundheit. Giuliano versuchte zwar, ihm auch päpstliche Aufträge zu vermitteln. Aber Leo X. schien Leonardo zu mißtrauen und gab jüngeren Künstlern den Vorzug: Sein Favorit war der gerade dreißigjährige Raffael. Und Michelan-

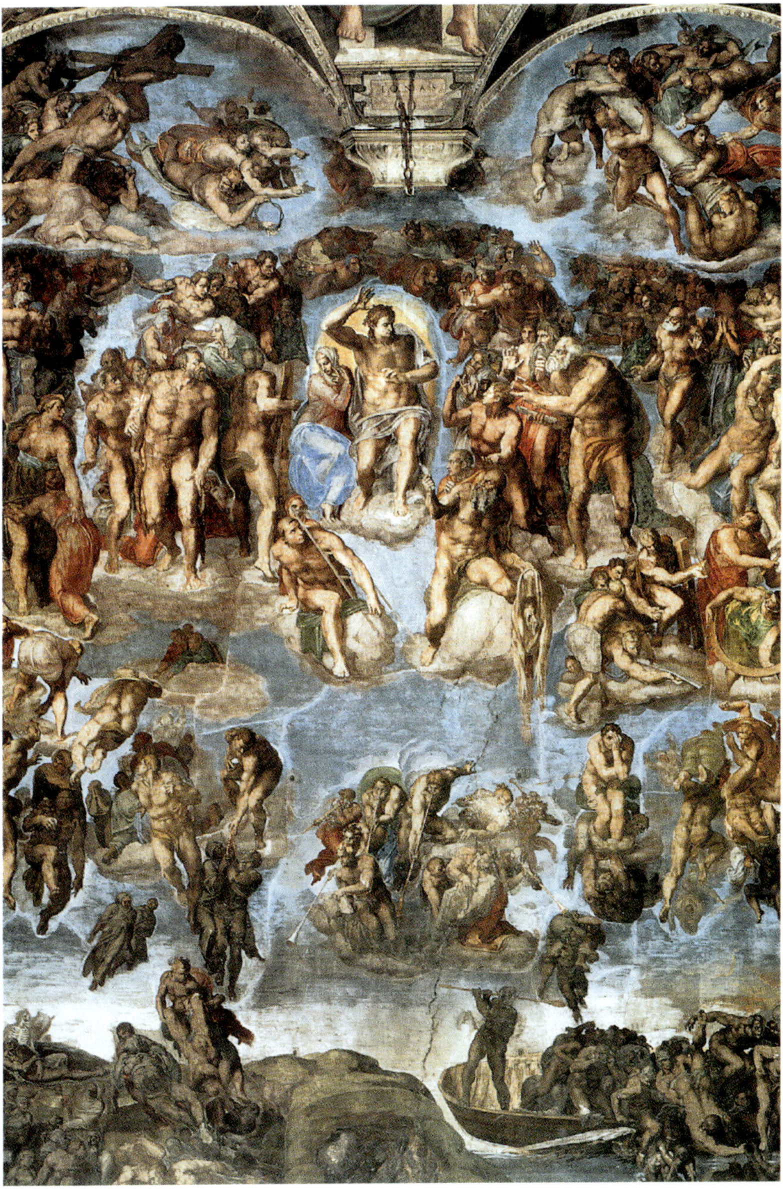

gelo, Leonardos großer Rivale, galt seit der Ausmalung der Sixtinischen Kapelle des Vatikan als größter Künstler seiner Zeit.

Über die Alpen

Im Winter 1516 kehrte Leonardo Rom endlich den Rücken und folgte der Einladung Franz' I. nach Frankreich. Ludwig XII. war da schon fast zwei Jahre tot, und Franz war sein Thronfolger. Er war zweiundzwanzig Jahre alt. Die Reise nach Frankreich führte über die Alpen und dauerte drei Monate. Leonardo hatte sein ganzes Hab und Gut mitgenommen: mehrere Kisten mit Manuskripten, Zeichnungen und wenigen Gemälden. Salai begleitete ihn und sein Schüler Francesco Melzi. Der junge König

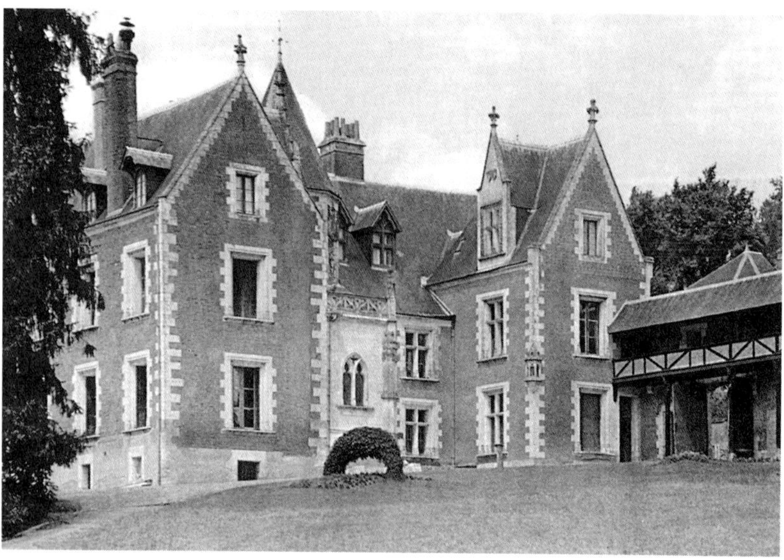

Schloß Cloux, wo Leonardo zuletzt lebte

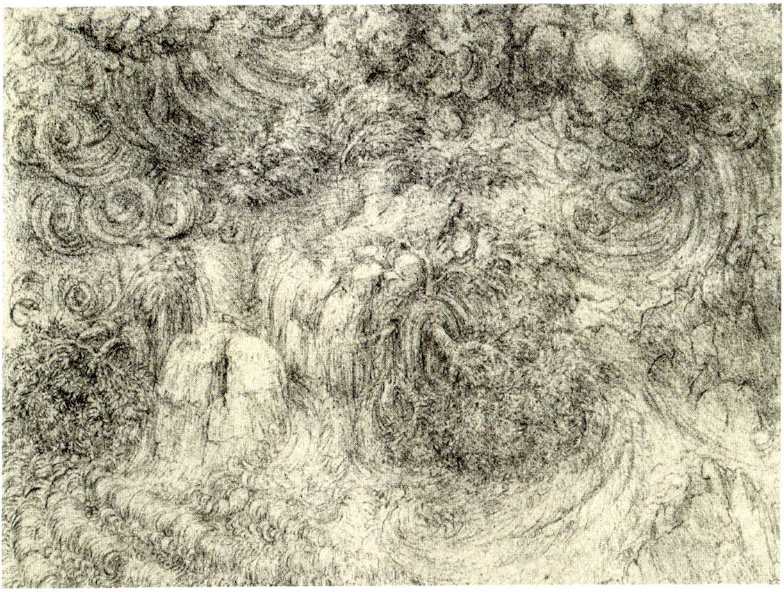

Regengüsse über Wasserfällen

stellte Leonardo einen geräumigen Landsitz in der Nähe seines eigenen Schlosses zur Verfügung: Dort lebte er noch fast drei Jahre. Der König besuchte ihn in dieser Zeit, sooft er konnte. Später sagte er, daß kein anderer Mensch geboren wurde, der soviel wußte wie Leonardo.

In Cloux machte Leonardo Pläne für ein neues Schloß des Königs und entwarf ein Kanalsystem. Er ordnete seine Manuskripte und zeichnete Darstellungen gewaltiger Regengüsse und Sintfluten. Er organisierte Feste und baute für Franz einen mechanischen Löwen. Am 2. Mai 1519 starb er. Siebenundsechzig Jahre alt. Unter seinen Hinterlassenschaften war auch die «Mona Lisa». Leonardo hatte das Bild niemals abgeliefert.

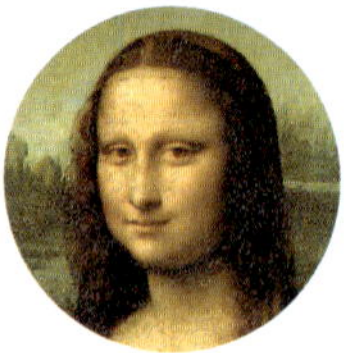

Immer noch das berühmteste Gemälde der Welt

Die «Mona Lisa» war schon in der Renaissance so berühmt, daß sie oft kopiert wurde. Dieses ist die häßlichste «Mona Lisa»:

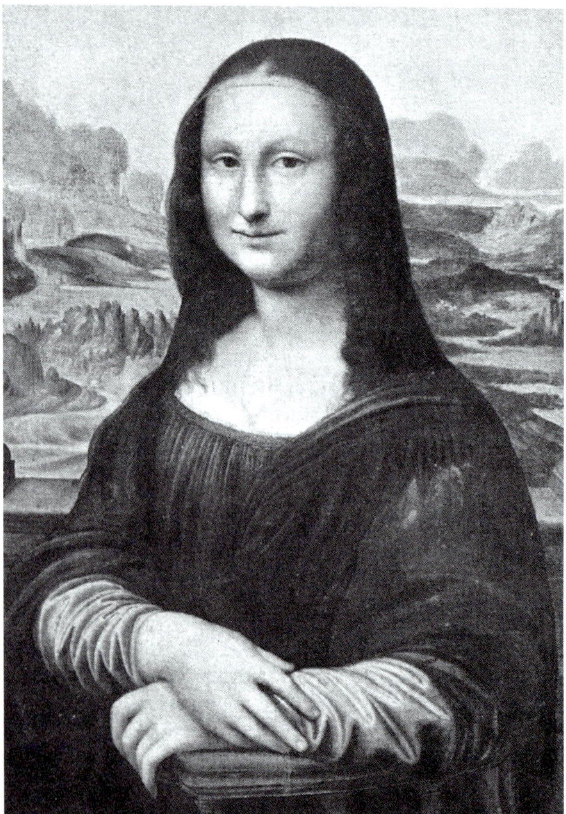

«Mona Lisa»: die Kopie von Leonardos Schüler Bernardino Luini

In unserem Jahrhundert konnten einige Maler den Ruhm dieses alten Gemäldes gar nicht mehr aushalten. Deshalb machten sie sich in ihren eigenen Werken ein wenig darüber lustig.

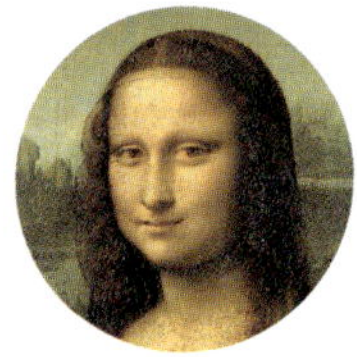

Das ist «Mona Lisa» mit Bart:

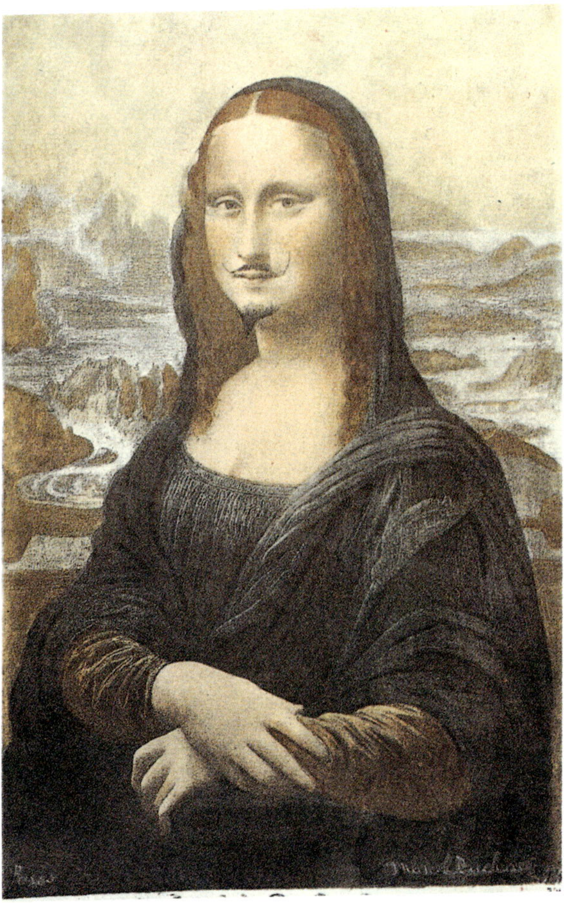

Marcel Duchamp:
L. H. O. O. Q.

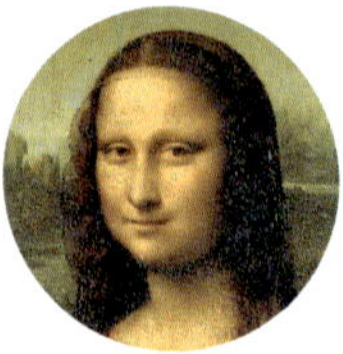

Das ist «Mona Lisa» mit dem amerikanischen Präsidenten George Washington:

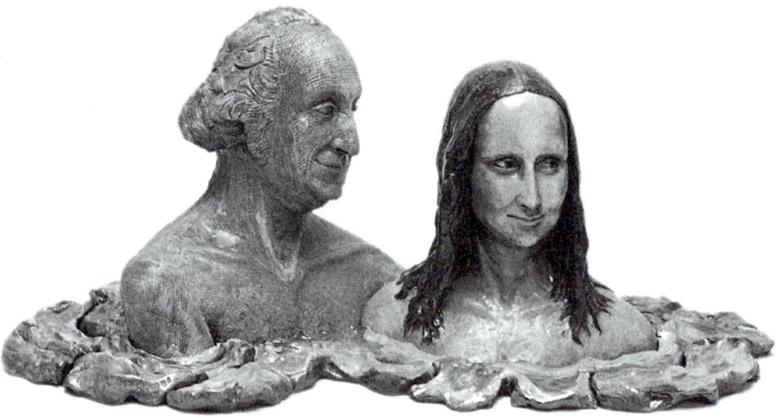

Robert Arneson

Das ist «Mona Lisa» mit Bauch. Außerdem sieht man von der Landschaft fast gar nichts mehr:

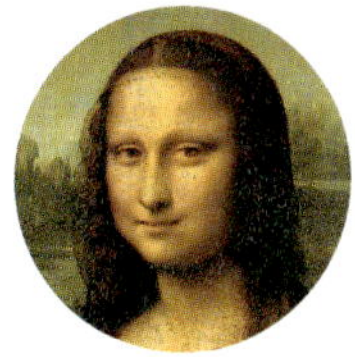

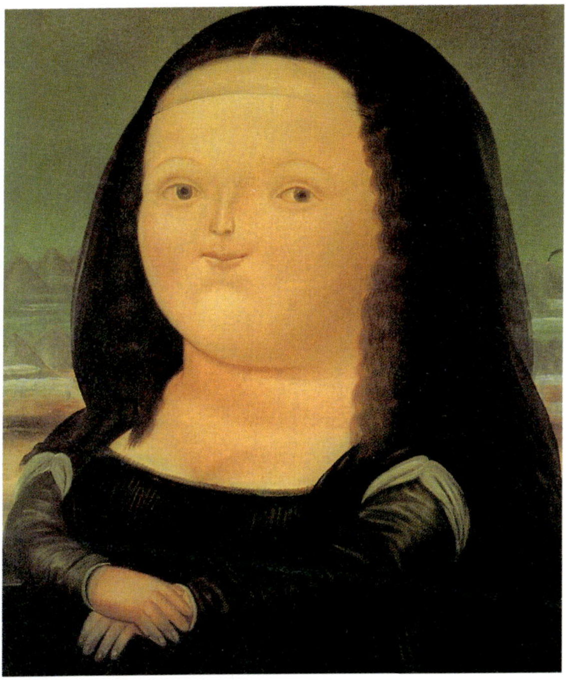

«Mona Lisa» von Fernando Botero

Zeittafel

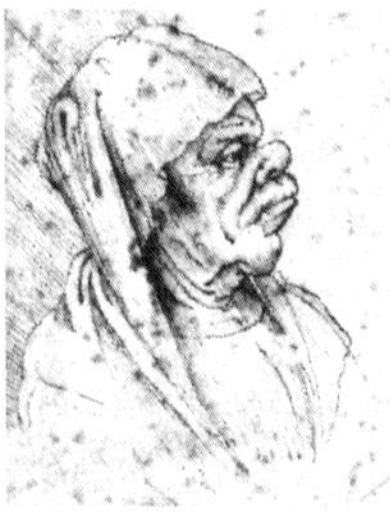

1452 Leonardo da Vinci wird am 15. April in Anchiano, einem Dorf bei Vinci, geboren.

1469 Er zieht mit seinem Vater nach Florenz. Drei Jahre später ist Leonardo in der Liste der Lukas-Gilde als Maler aufgeführt. Nach seiner Ausbildung bei Andrea del Verrocchio (1436–1488) bleibt er noch einige Jahre in dessen Werkstatt – wahrscheinlich bis 1478. In dieser Zeit malt er u. a. das Porträt der Ginevra de' Benci (Washington, National Gallery).

1479 In Florenz wird Lisa Gherardini geboren.

1482 Nachdem Leonardo von den Medici in Florenz keine Aufträge erhalten hat, zieht er nach Mailand an den Hof Ludovico Sforzas (1452–1508). Er wird Ludovicos Militäringenieur, entwirft Bühnenbilder und widmet sich mehr der wissenschaftlichen Forschung.

1483 Leonardo beginnt mit der Arbeit an der «Felsgrottenmadonna» (Paris, Louvre). Etwa zur selben Zeit nimmt er auch die Arbeit am Reiterdenkmal Francesco Sforzas auf, die sich zehn Jahre hinzieht.

1489 Leonardo unternimmt anatomische Studien.

1490 Am Hof der Sforza richtet er den «Ball der Planeten» aus. Im Juli nimmt er den zehnjährigen Salai bei sich auf.

1492 Christoph Kolumbus entdeckt Amerika. In Florenz stirbt Lorenzo de' Medici.

1494 Der französische König Karl VIII. besetzt Neapel. Die Medici werden aus Florenz vertrieben. Savonarola übernimmt die Macht.

1495 Lisa Gherardini heiratet Francesco del Giocondo.

In Mailand beginnt Leonardo das «Abendmahl» (Mailand, Santa Maria delle Grazie).

1498 Savonarola wird öffentlich hingerichtet und verbrannt.

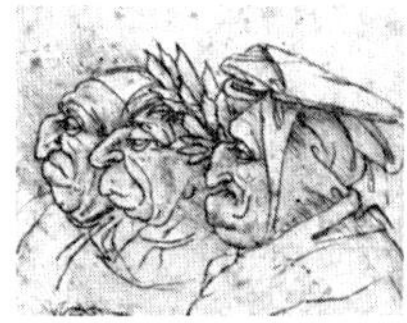

1499 Als die Franzosen Ludovico Sforza stürzen, verläßt Leonardo Mailand. Aufenthalte in Mantua, Venedig und Florenz. Er vertieft sich in mathematische Studien, beginnt die Abhandlung über den Vogelflug.

1502 Leonardo wird Militäringenieur von Cesare Borgia. Während der folgenden Monate inspiziert er Festungsanlagen und fertigt Landkarten. Im Dezember bringt Lisa del Giocondo einen zweiten Sohn zur Welt.

1503 Leonardo ist wieder in Florenz, beginnt das Porträt Lisa del Giocondos und für die Regierung von Florenz das Wandgemälde der «Anghiari-Schlacht» (zerstört). Beide Arbeiten ziehen sich über die nächsten Jahre hin und werden dann abgebrochen.

1506 Leonardo folgt dem Ruf des französischen Statthalters nach Mailand. Dort ist er wieder Militäringenieur und richtet Festspiele aus. Zwischendurch teils mehrmonatige Aufenthalte in Florenz. Untersuchungen über das Wasser.

1511 Papst Julius II. stellt den «Heiligen Bund» gegen Frankreich auf. Die Franzosen ziehen sich daraufhin zunehmend aus Italien zurück.

1513 Leonardo geht nach Rom und wohnt im Belvedere-Palast.

1515 Leonardo malt sein letztes Gemälde: «Johannes der Täufer» (Paris, Louvre).

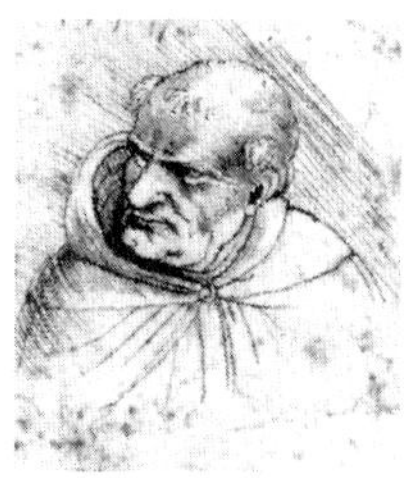

1517 Nach dem Tod seines Brotgebers Giuliano de' Medici zieht Leonardo nach Frankreich und tritt in den Dienst des französischen Königs Franz I. Er organisiert Feste und beginnt, seine Manuskripte zu ordnen.

1519 Leonardo stirbt am 2. Mai in Cloux.

Bildmaterial

S. 2, 97: Leonardo da Vinci: «Mona Lisa», Öl auf Holz, 77 cm × 53 cm, 1503–1506.

S. 5, 12, 20, 28, 49, 52, 53, 54, 64, 65, 79, 98, 112, 113, 114, 115, 127: Leonardo da Vinci: «Mona Lisa», 1503–1506, Ausschnitte.

S. 6: Leonardo da Vinci: Selbstbildnis, um 1513.

S. 9: Anonymer Künstler: Der Louvre, 17. Jh.

S. 13: Pier Antonio Pazzi: Vasari, 1752.

S. 15: Baldassare Lanci: Piazza della Signoria, Florenz, Mitte des 16. Jh.

S. 16: Anonymer Künstler: Stadtleben in Florenz, nach einer Miniatur aus dem 16. Jh., Ausschnitt.

S. 17: Bartolommeo della Porta: Savonarola, 15. Jh.

S. 17: Unbekannter Künstler: Verbrennung Savonarolas, Anfang des 16. Jh., Ausschnitt.

S. 18: Unbekannter Künstler: Verbrennung Savonarolas, Anfang des 16. Jh.

S. 19: Michelangelo Buonarroti: David, 1501–1504.

S. 22: Domenico Ghirlandaio: Das Ordensgelübde, zweite Hälfte des 15. Jh., Ausschnitt.

S. 23: Stich nach Giuseppe Zocchi: Domplatz während der Fronleichnamsprozession, 1744.

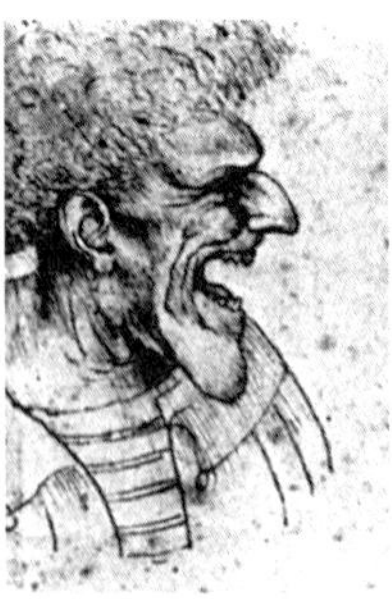

S. 24: Leonardo da Vinci: Der Bratenwender, um 1480.

S. 24: Domenico Ghirlandaio: Visitatio, zweite Hälfte des 15. Jh., Ausschnitt.

S. 25: Unbekannter Künstler nach Leonardo da Vinci: Leonardo da Vinci, um 1520.

S. 25: Leonardo da Vinci: Karikatur, um 1490.

S. 27: Leonardo da Vinci: Vogelflugstudie, 1505.

S. 29: Unbekannter Künstler: Cristoforo Landino beim Vortrag, 1492.

S. 30: Giovanni Pisano: Madonna, um 1299.

S. 31: Unbekannter Künstler: Kaiser Justinian und Gefolge, Wandmosaik, Ravenna, San Vitale, 6. Jh.

S. 32: Donato Bramante: San Pietro, Rom, 1502.

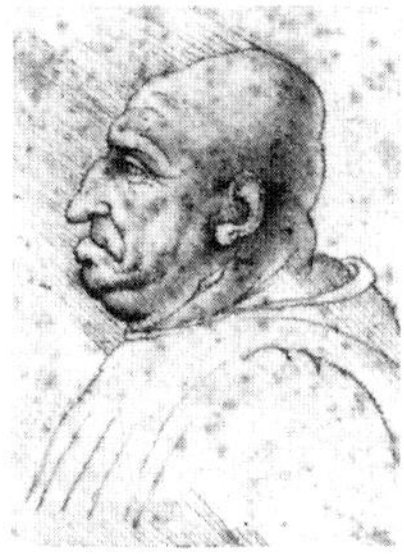

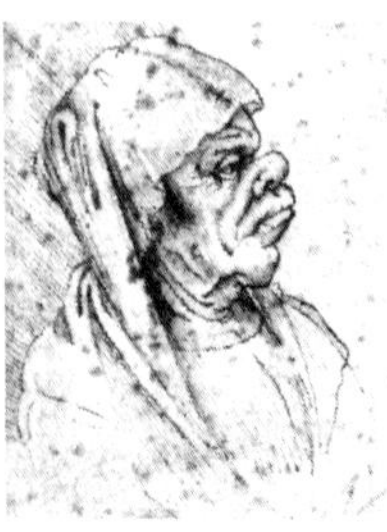

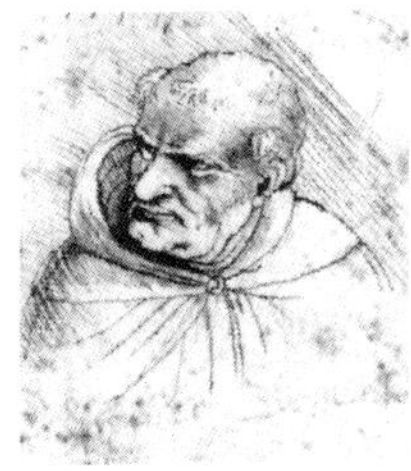

S. 88: Leonardo da Vinci: Herz und Lungen eines Ochsen, um 1512/13.
S. 89: Leonardo da Vinci: Herz und Lungen eines Ochsen, um 1512/13, Ausschnitt.
S. 90: Leonardo da Vinci: Vogelmilch, Anemone, Krähenfuß, um 1505–1507.
S. 91: Giorgione: Cesare Borgia, frühes 16. Jh.
S. 92: Leonardo da Vinci: Karte vom Val di Chiana, um 1502.
S. 93: Leonardo da Vinci: Handschriften mit Schwimmbagger, Ventilen und Luftdruckpumpe, um 1513/14.
S. 95: Leonardo da Vinci: Der Mensch des Vitruv, 1490.
S. 100: Jost Amman: Eine Druckerei, 1568.
S. 101: Unbekannter Künstler: Geographisches Bild der Erde nach Martin Behaim, ohne Jahr.
S. 102: Unbekannter Künstler: Christoph Kolumbus, frühes 16. Jh.
S. 104: Leonardo da Vinci: Die heilige Anna Selbdritt, um 1508–1510.
S. 105: Raffael: Papst Leo X., um 1518.
S. 106: Werkstatt Hagesandros, Athenodoros, Polydoros: Die Laokoon-Gruppe, um 25 v. Chr.
S. 107: Leonardo da Vinci: Johannes der Täufer, 1515.
S. 108: Leonardo da Vinci: Selbstbildnis, um 1513.
S. 109: Michelangelo Buonarroti: Das Jüngste Gericht, 1534–41.
S. 110: Schloß Cloux, Fotografie, um 1968.
S. 111: Leonardo da Vinci: Regengüsse über Wasserfällen, um 1516.
S. 112: Bernardino Luini: Kopie der «Mona Lisa», 16. Jh.
S. 113: Marcel Duchamp: L.H.O.O.Q., 1919.
S. 114: Robert Arneson: George and Mona in the Baths of Coloma, 1976.
S. 115: Fernando Botero: Mona Lisa, 1978.
S. 124: Leonardo da Vinci: Karikaturen, um 1490.

Textmaterial

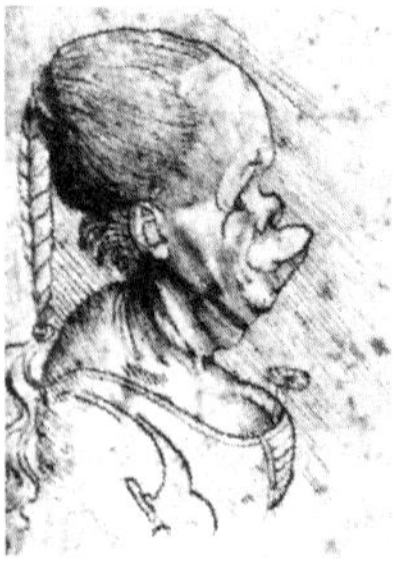

Michael Baxandall: Die Wirklichkeit der Bilder. Malerei und Erfahrung im Italien des 15. Jahrhunderts, Frankfurt am Main 1987.

Fred Bérence: Leonardo da Vinci, Paris, ohne Jahr.

Serge Bramly: Leonardo da Vinci. Eine Biographie, Reinbek 1993.

Gene Brucker: Florenz. Stadtstaat, Kulturzentrum, Wirtschaftsmacht, München 1984.

Gene Brucker: Florenz in der Renaissance. Stadt, Gesellschaft, Kultur, Reinbek 1990.

Jacob Burckhardt: Die Kultur der Renaissance in Italien, Berlin 1928.

Peter Burke: Die Renaissance, Berlin 1990.

Peter Burke: Die Renaissance in Italien. Sozialgeschichte einer Kultur zwischen Tradition und Erfindung, Berlin 1992.

André Chastel (Hrsg.): Leonardo da Vinci. Sämtliche Gemälde und die Schriften zur Malerei, München 1990.

Martin Clayton: Leonardo da Vinci. One hundred drawings from the collection of Her Majesty The Queen, London 1996.

Jill Dunkerton, Susan Foister, Dillian Gordon, Nicholas Penny: Giotto to Dürer. Early Renaissance Painting in The National Gallery, New Haven / London 1991.

Sigmund Freud: Eine Kindheitserinnerung des Leonardo da Vinci, Frankfurt am Main 1960.

Ernst H. Gombrich: Die Geschichte der Kunst, Stuttgart / Zürich 1992.

Meinrad Maria Grewenig, Otto Letze (Hrsg.): Leonardo da Vinci. Künstler, Erfinder, Wissenschaftler, Ostfildern 1995.

John Hale: Die Kultur der Renaissance in Europa, München 1994.

Ludwig H. Heydenreich: Leonardo, Berlin 1943.

Roberto Longhi: Kurze, aber wahre Geschichte der italienischen Malerei, Köln 1996.
Carlo Pedretti: Leonardo. A Study in Chronology and Style, London 1973.
Volker Reinhardt: Florenz zur Zeit der Renaissance. Die Kunst der Macht und die Botschaft der Bilder, Freiburg/Würzburg 1990.
Ladislao Reti (Hrsg.): Leonardo. Künstler, Forscher, Magier, München 1990.
Irma A. Richter (Hrsg.): The Notebooks of Leonardo da Vinci, Oxford/New York 1980.
Woldemar von Seidlitz: Leonardo da Vinci. Der Wendepunkt der Renaissance, Berlin 1909.
Herbert Alexander Stützer: Die italienische Renaissance, Köln 1977.
Rolf Toman (Hrsg.): Die Kunst der italienischen Renaissance. Architektur, Skulptur, Malerei, Zeichnung. Köln 1994.
Giorgio Vasari: Lebensläufe der berühmtesten Maler, Bildhauer und Architekten, Zürich 1974.
Robert Wallace, Redaktion der TIME-LIFE BÜCHER: Leonardo da Vinci und seine Zeit. 1452–1519, ohne Ort, 1968.
Jack Wasserman: Leonardo da Vinci, Köln 1990.
Frank Zöllner: Leonardo da Vinci. Mona Lisa. Das Porträt der Lisa del Giocondo. Legende und Geschichte, Frankfurt am Main 1994.

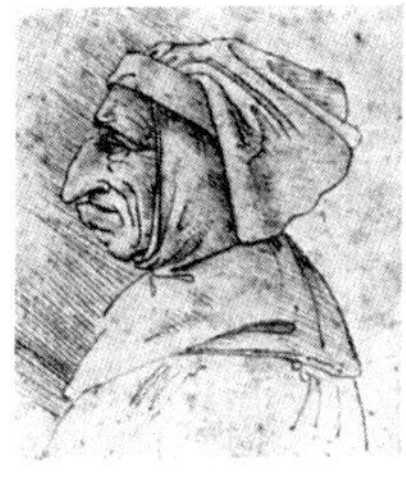

Der Autor bedankt sich bei Maria Bonifazi-Geramb für die wertvollen Literaturhinweise und für das Lesen des Manuskripts.

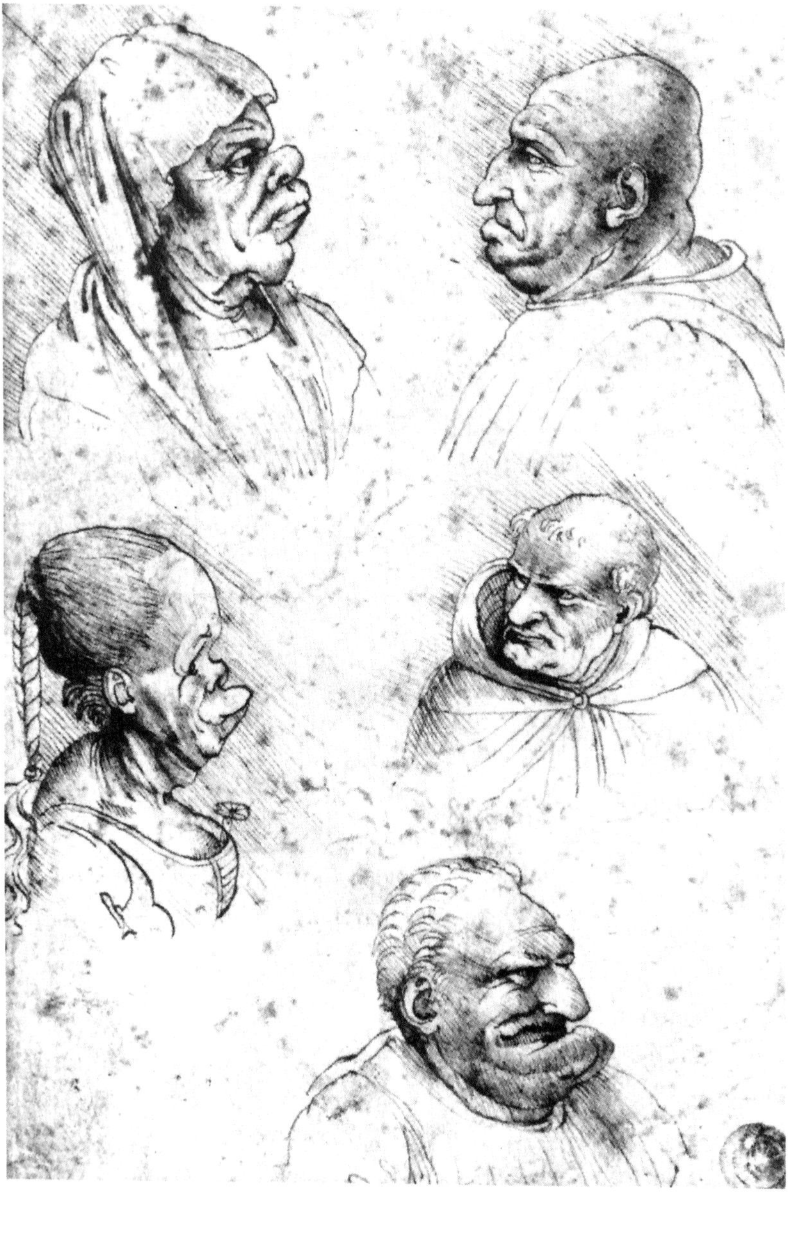

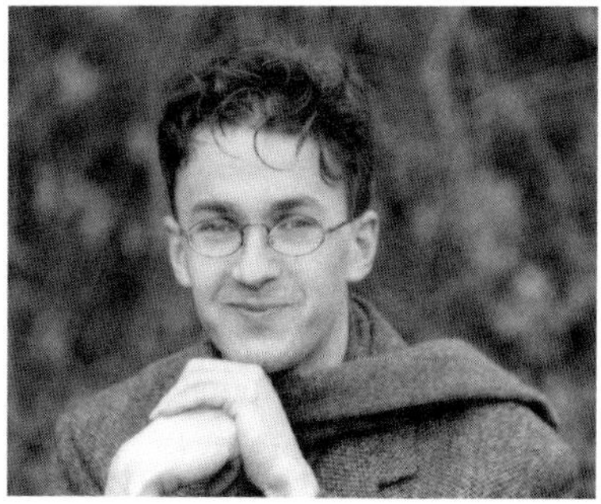

(Foto: Sabeth)

Thomas David, geboren 1967 in Stadthagen. Studium der Kunstgeschichte und der Anglistik an der Universität Hamburg und am University College London. Lebt als freier Journalist und Rundfunkautor in Hamburg (schreibt für die *Neue Zürcher Zeitung,* den NDR und WDR).

Sein erstes Kunstsachbuch zu Rembrandts Belsazar (rotfuchs 783) wurde unter den 500 besten Büchern sämtlicher deutschsprachiger Verlage als einzige Taschenbuch-Originalausgabe in der Kategorie Jugendsachbuch nominiert für den Deutschen Jugendliteraturpreis 1996.

Ausgezeichnet wurden bislang drei rotfuchs Kunstbände:

Ute Blaich: Philipp Otto Runge
Die Hülsenbeckschen Kinder
(Bestenliste des Buchjournals 1995)

Nils Jockel: Pieter Bruegel
Das Schlaraffenland
(Bestenliste Saarländischer Rundfunk 1995)

Thomas David: Rembrandt
Belsazar
(Nominiert für den Deutschen Jugendliteraturpreis 1996)

Kunstsachbücher für Kinder

Sehen, was man sieht

Kunst braucht Kenntnisse, damit Bilder zum Abenteuer, Vergnügen, zur Entdeckung werden.

«Glückliche Kinder, die solche Bilder haben – und solche Bücher.» *Das Sonntagsblatt*

«Das Prinzip der Reihe ist bestechend. Im Mittelpunkt steht ein Kunstwerk und sein Künstler.»
Hessischer Rundfunk

«Neugier auf Kunst zu wecken, erreicht die ‹Mein Bild›-Reihe mit Bravour.» *Süddeutsche Zeitung*

«Beinahe ins Schwärmen gerät man bei der Vorstellung einer neuen rotfuchs-Reihe bei rororo. Ein gelungener Anfang, dem man viele Folgetitel und auch erwachsene Leser wünschen möchte.»

Bayerisches Fernsehen

«Nils Jockel und Ute Blaich machen staunen über den Schatz, der sich ihnen (und uns) beim Betrachten der beiden Bilder auftut: pädagogische Talente, die lehren, indem sie ihren Lesern die Augen öffnen – und erzählen, was sie wissen.» (DIE ZEIT)

«‹Mein Bild› – das innovativste und tragfähigste Konzept, weil es ein Medium kreativer Kunstvermittlung ist: ideenreich, einprägsam und spottbillig – eigentlich ein echter Knüller.» *Stuttgarter Zeitung*

«Die Sprache dieser vorbildlichen Reihe ist klar und ohne Schnörkel, sie ist einfach, ohne einfältig zu wirken.» *Hessisch-Niedersächsische Allgemeine*

Professor Werner Hofmann zu *Mona Lisa*:

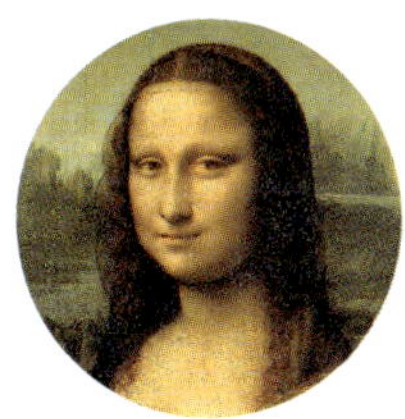

«Der Leonardo-Text ist sehr gut geschrieben, kenntnisreich und gut aufgebaut.»

rotfuchs Kunstsachbücher

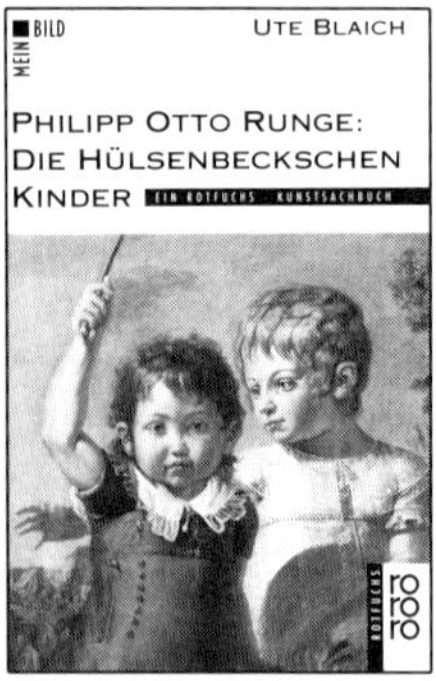

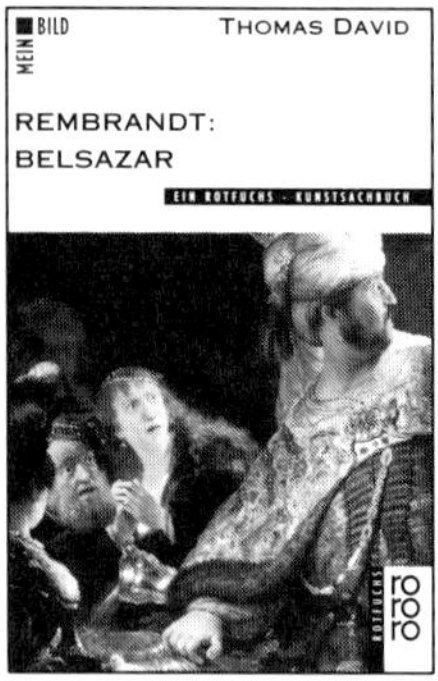

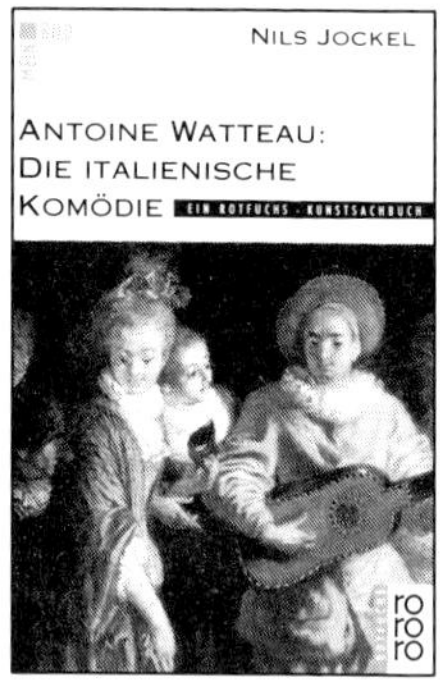

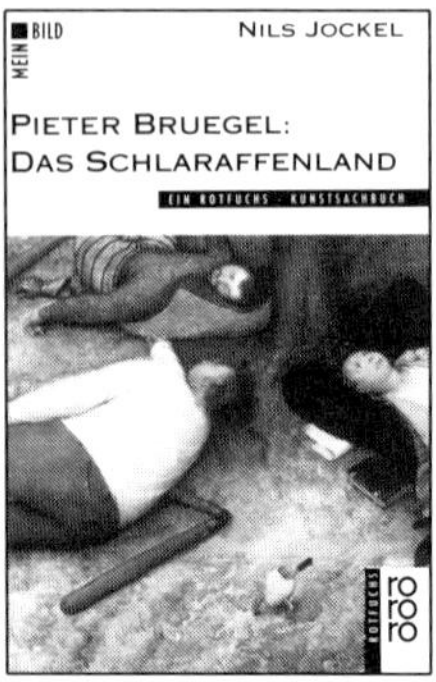

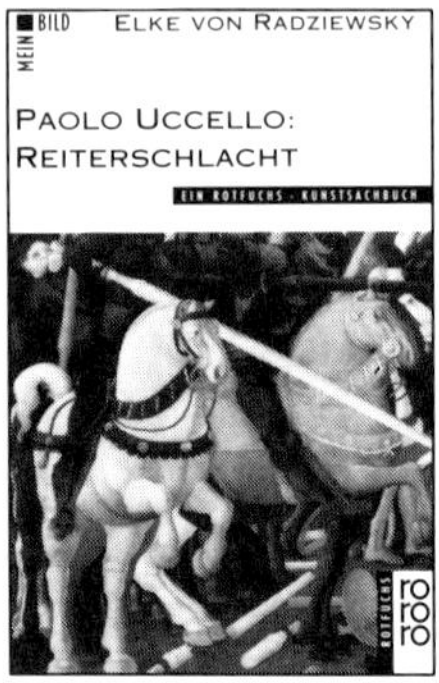

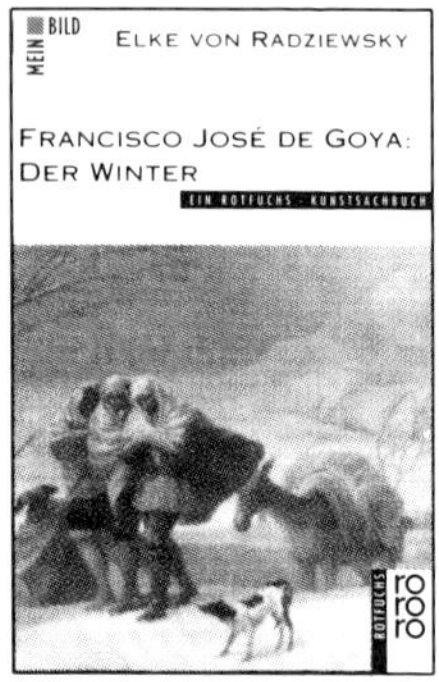

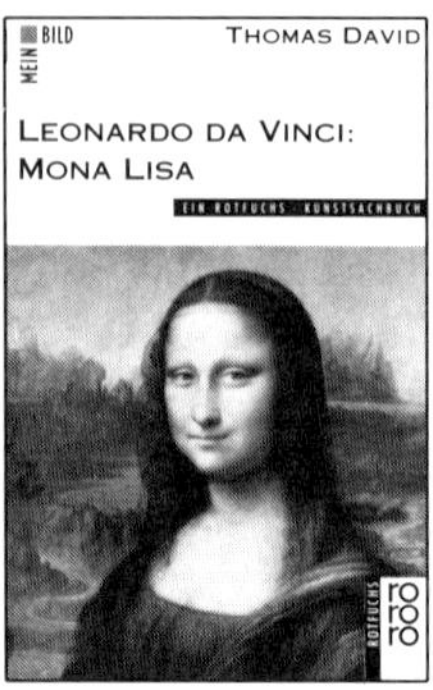

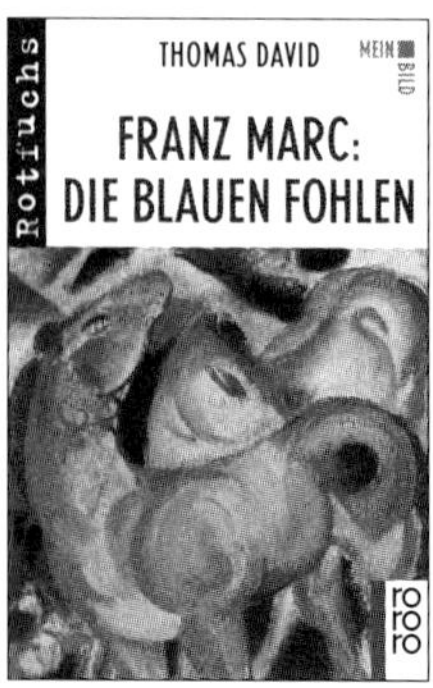

«<Mein Bild> – das innovativste und tragfähigste Konzept, weil es ein Medium kreativer Kunstvermittlung ist: ideenreich, einprägsam und spottbillig – eigentlich ein echter Knüller.»
Stuttgarter Zeitung

4039/4

«Neugier auf Kunst zu wecken, erreicht die ‹Mein Bild›-Reihe mit Bravour.» *Süddeutsche Zeitung*

«Beinahe ins Schwärmen gerät man bei der Vorstellung einer neuen rotfuchs-Reihe bei rororo. Ein gelungener Anfang, dem man viele Folgetitel und auch erwachsene Leser wünschen möchte.»

Bayerisches Fernsehen

«Nils Jockel und Ute Blaich machen staunen über den Schatz, der sich ihnen (und uns) beim Betrachten der beiden Bilder auftut: pädagogische Talente, die lehren, indem sie ihren Lesern die Augen öffnen – und erzählen, was sie wissen.» (DIE ZEIT)

«‹Mein Bild› – das innovativste und tragfähigste Konzept, weil es ein Medium kreativer Kunstvermittlung ist: ideenreich, einprägsam und spottbillig – eigentlich ein echter Knüller.» *Stuttgarter Zeitung*

«Die Sprache dieser vorbildlichen Reihe ist klar und ohne Schnörkel, sie ist einfach, ohne einfältig zu wirken.» *Hessisch-Niedersächsische Allgemeine*

Professor Werner Hofmann zu *Mona Lisa*:

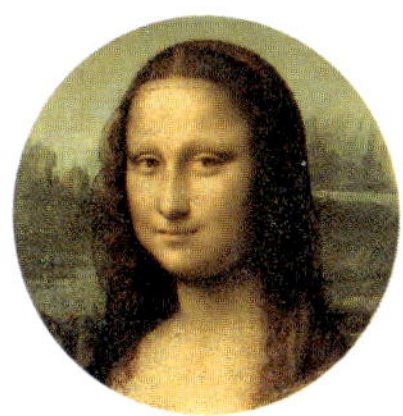

«Der Leonardo-Text ist sehr gut geschrieben, kenntnisreich und gut aufgebaut.»

rotfuchs Kunstsachbücher

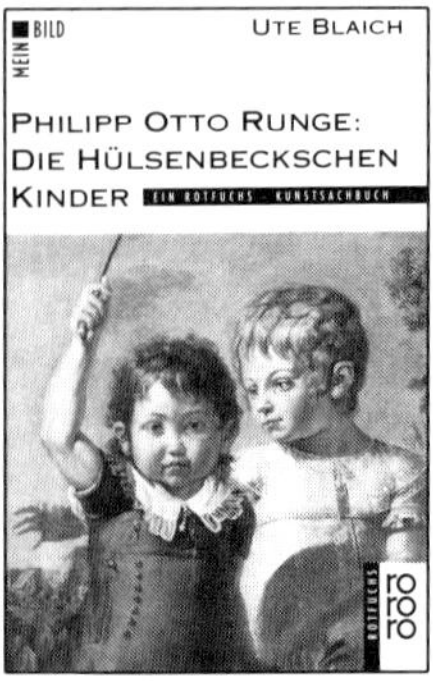

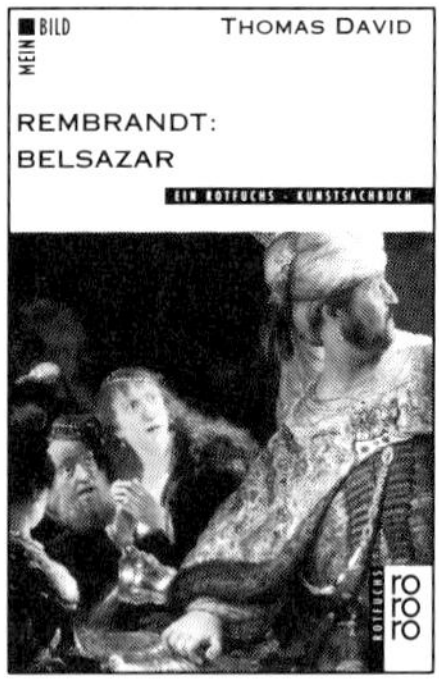

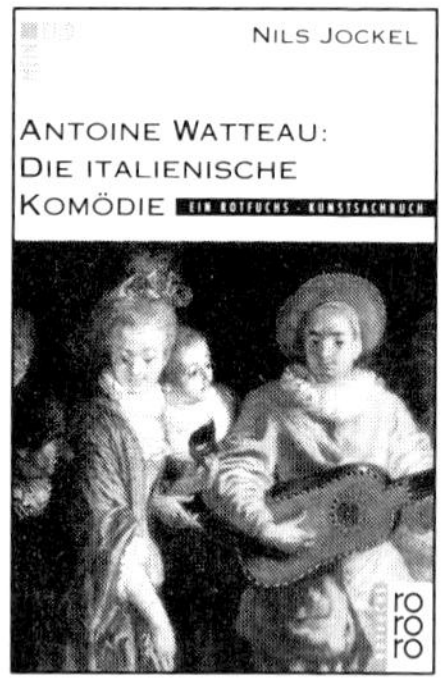

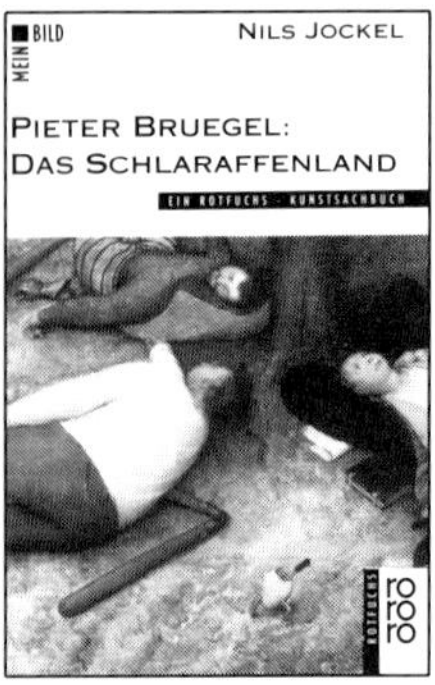

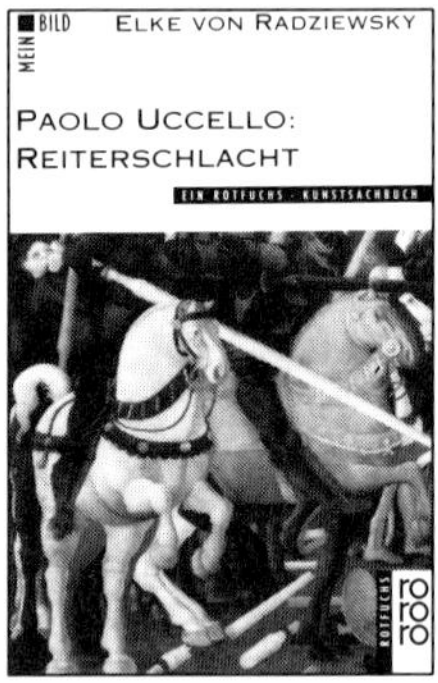

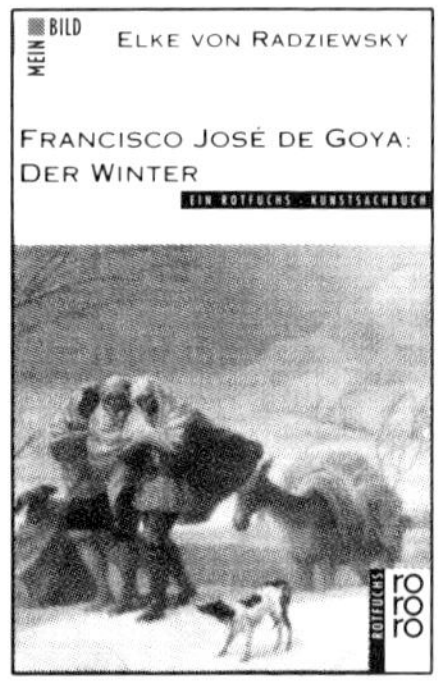

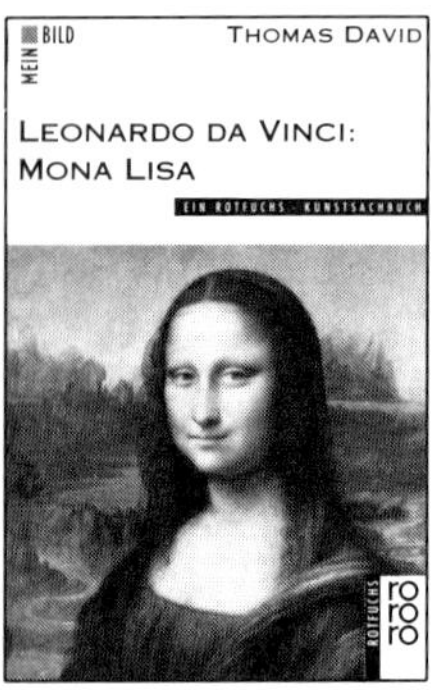

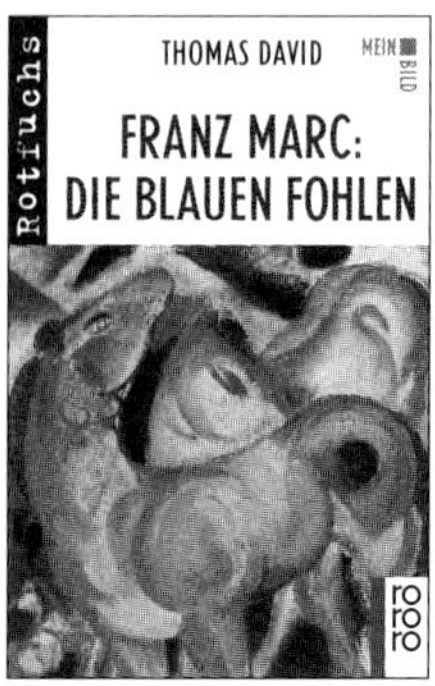

«<Mein Bild> – das innovativste und tragfähigste Konzept, weil es ein Medium kreativer Kunstvermittlung ist: ideenreich, einprägsam und spottbillig – eigentlich ein echter Knüller.»
Stuttgarter Zeitung

4039/4